GAEA

GAEA

特殊傳說 III

恆遠之晝篇 09

護玄——著

特殊傳說 II

恆遠之晝篇 09

目錄

第一話　天女草　09
第二話　誰是創始者　33
第三話　入侵　55

第四話　敵人的敵人……75
第五話　就是個陷阱……99
第六話　當全世界都想你死的話……127
第七話　誰的陷阱？……151
第八話　休假的袍級……175
第九話　眞正的用意……199
第十話　必須死的原因……223
番外・其九、笨蛋……247

特殊傳說 II

THE UNIQUE LEGEND

恆遠之書篇

登場人物介紹

Atlantis 學院

姓名：褚冥漾（漾漾）
年級/班別：高中二年級/C部
性別：男
袍級/種族：無/人類（妖師）
個性：非常普通的男高中生，個性有點怯懦，不太敢與人互動。

姓名：冰炎（學長）
性別：男
袍級/種族：黑袍/燄之谷與冰牙族後裔
個性：脾氣暴躁、眼神銳利。不過是標準刀子口豆腐心的好人～
目前狀況：甦醒歸隊

姓名：米可蕥（喵喵）
年級/班別：高中二年級/C部
性別：女
袍級/種族：藍袍/鳳凰族
個性：個性爽朗、不拘小節，喜歡熱鬧。非常喜歡冰炎學長！

姓名：雪野千冬歲
年級/班別：高中二年級/C部
性別：男
袍級/種族：紅袍/？
個性：有點自傲，知識豐富像座小型圖書館；討厭流氓！兄控!?

登場人物介紹

Atlantis 學院

姓名：西瑞．羅耶伊亞（五色雞頭）
年級/班別：高中二年級/C部
性別：男
袍級/種族：無/獸王族
個性：個性爽朗、自我中心。出身於暗殺家族，打扮像台客。

姓名：萊恩．史凱爾
年級/班別：高中二年級/C部
性別：男
袍級/種族：白袍/人類
個性：個性隨意，存在感低、經常超自然消失在人前，執著於飯糰！

姓名：藥師寺夏碎
性別：男
袍級/種族：紫袍/人類
個性：個性淡泊，不喜過多交談，是個溫柔的好哥哥。
目前狀況：從醫療班逃跑中

姓名：席雷．阿斯利安（阿利）
年級：大學一年級
性別：男
袍級/種族：紫袍/狩人
個性：友善隨和，善於引領他人。

姓名：靈芝草（好補學弟）
年級/班別：高中一年級/C部
性別：男
種族：人參
個性：初入世界，所以很容易受到驚嚇，但是在奇怪的地方也有小聰明。

姓名：哈維恩
年級/班別：聯研部　第二年
種族：夜妖精
個性：種族自帶暗黑的陰險反骨天性，但對於認定的事物相當忠誠、負責。
平日也很認真在學習上。

登場人物介紹

其他

姓名：式青（色馬）
性別：男
種族：傳說中的幻獸．獨角獸
特色：能化為獸形或是人形
個性：只要美人希望我怎樣我就怎樣～

姓名：休狄．辛德森（摔倒王子）
種族身分：奇歐妖精族的王子
性別：男
袍級：黑袍
個性：看重血脈、家族、榮譽，厭惡隨便打交道。

姓名：九瀾．羅耶伊亞（黑色仙人掌）
身分：醫療班，鳳凰族首領左右手
性別：男
袍級：黑袍、藍袍（雙袍級）
個性：科科科科科……

姓名：黑山君
身分：時間之流與冥府交際處的主人
種族：不明
個性：不太有情緒起伏，性格相當謹慎細膩，偶爾會很正經地捉弄訪客。
特別說明：喜歡好吃的東西。

姓名：白川主
身分：時間之流與冥府交際處的主人
種族：不明
個性：看似大而化之、易相處，但心中自有衡量，很多事情都看在心中。
特別說明：喜歡會飛的東西，例如白蟻（？）

姓名：褚冥玥
身分：大二生，漾漾的姊姊
性別：女
袍級/種族：紫袍/人類（妖師）
個性：直率強硬，很有個性的冷冽美女。異性緣爆好！

登場人物介紹

其他

姓名：重柳族
身分：？
種族：時族
個性：非常正經認真、死守種族任務，
　　　但思考並不僵化、能溝通。
　　　已亡歿。

姓名：安地爾
身分：耶呂鬼王高手
種族：似乎是鬼族（？）
個性：四分的無聊、四分的純粹惡意、一分的塵封友情、零點五的善意、零點三的不明狀態、零點一的退休狀態、零點一的觀光。
特別說明：最近都在泡咖啡。

姓名：泰那羅恩
身分：冰牙族大王子
個性：認真嚴謹、極富氣場
特別說明：因某些因素，目前為冰牙族首席精靈術師與戰士團團長。

姓名：殊那律恩
身分：獄界鬼王
個性：安靜少言，偶爾會隨意地捉弄人
特別說明：曾為冰牙二王子，「變化」後，為與自己境況相同的種族們打造了安身之所，以自己的方式守護重要的人事物。

姓名：深
身分：大陰影
個性：性格堅毅，但也會寂寞
特別說明：喜歡百靈鳥的歌聲，極力鼓吹某精靈唱歌，屢失敗！

第一話　天女草

貝銘妖精，據說是歷史中期的記錄種族。

他們出生於砂礫岩大碑林，誕生於石之妖精的歷史文字中，所以作為其附屬，輔佐各種大小事務。隨著時光流轉，貝銘一族也逐漸開始發展自己的種族，興起部落並傳承後代。

「記錄的種族怎麼會在獵殺隊裡面啊？」

在我們面前，被五花大綁還昏迷不醒的倒楣小妖精腦袋微微向後仰，嘴巴有點開開的。魔龍那個飛碟不知道砸得多重，總之他就這樣毫無防備，連身上應該有的保護術法都跟著昏死，完全沒任何反應。

說白了，如果我們今天心狠手辣一點，他現在已經被分屍灌水泥沉在出海口，連他樓上被鬼王弄暈的老爸可能都認不出他來。

「本尊哪知，你去問神奇海螺啊。」魔龍呸了聲。

「……」

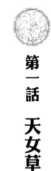

這兩天你在鬼王住所玩我手機就是給我學會看海綿寶寶嗎？

……

不對！哪來的網路！

別告訴我殊那律恩的領地裡面有wifi，這也太恐怖了！

而且為了與外界所有人徹底斷聯，我已經封鎖所有通訊，連同電話簿與聯絡人資訊都在某天晚上狠下心刪得一乾二淨；之後才把整個淨空的手機丟給吵著無聊的魔龍玩——我害怕如果又有人想要對我不利，會從這些東西上找到其他人的蹤跡，讓他們也落入重柳一樣的下場。

唯獨這件事情，讓人光想都無法忍受。

我不確定當「第二個重柳」在我面前出事後，我還可以維持住他希望的理智。

當然，如果他們順著手機找上狼神自己去送死我也沒辦法了，畢竟這手機還連繫著燄之谷的那位，會接上什麼還眞的很難說。

「他快甦醒了。」

從上方飄下來的米納斯緩解我和魔龍的大眼瞪小眼自殘氣氛，輕柔地開口：「須要替他治療傷勢嗎？他的後腦有些血腫，不知道會不會影響智力。」

「安啦，反正白痴怎麼變都還是白痴，切碎了也還是白痴。」魔龍發出毫無人性的言論。

「難怪你都幾萬歲了還沒變。」我示意米納斯先幫妖精治療，不然留下後遺症眞的變白痴就糟了。

「當然，本尊就是本尊……我靠！你這娘娘腔妖師敢罵本尊是白痴！」魔龍整個炸了。

「我有說嗎？你話都聽到哪裡去了。」果然幾萬年都沒變。我莫名開始好奇起這隻妖魔到底是怎麼被養大的，這腦袋很不像險惡的妖魔啊。

「你、你……」魔龍大概也是發現我還眞的什麼都沒說，氣急敗壞地用不知道什麼語言罵了好幾句大概是髒話的東西，最後總結：「狡猾的基利獸！」

「什麼鬼東西。」聽都沒聽過。

「不告訴你！」魔龍露出獠牙對我表示不爽和恫嚇，接著甩開頭就去摸那個妖精隨身的小行囊，過一會兒這妖魔居然從人家腰包裡面摸出幾條乾糧，得意地叼到旁邊嚼，不知道的人大概會以爲這傢伙被餓了上萬年，才會看見食物都不放過。

決定無視這個大食量的妖魔兵器，我把注意力放回妖精身上。米納斯替他做了簡單治療之後，妖精終於發出幾個渾濁的聲音，慢慢清醒。

他在渾渾噩噩和極度清醒兩種狀態的切換時間大概只有三秒，睜開眼睛看見我的瞬間，妖精馬上瞠大了眼，震驚地張大嘴巴：「我我我我我我我我我……」

「喔，正要把你洗乾淨切塊燒烤，你喜歡被烤成照燒的還是蜜汁的？」說出來我突然想起蜜汁雞排、碳烤雞排和鹹酥雞，嘖！

「你你你你你——」妖精又露出一臉蒼天不仁天要亡我的白色種族悲壯表情。

「開玩笑的，你的獵殺目標是我嗎？」

「啊？」

妖精張著嘴巴呆愣住，好像還沒從照燒情境裡反應過來，過了好一會兒才有點結結巴巴地開口：「黑、黑色種族……該殺……」

「如果你爸是剛剛上面那群獵殺隊其中之一，他還沒死。不過如果我問話你不好好說，他等等會被我剁成肉泥。」我想了一下，對方的回答不像正規的獵殺隊，不然他們會中氣十足地叫我去死，而不是遲疑。好吧決定參考個恐怖故事增加威脅性。「然後把他做成肉餅，加上起司做成藍帶人排，塞給你吃下去。」

「他如果對藍帶豬排有陰影怎麼辦？」米納斯的聲音從腦內透過來。

我懷疑他搞不好連藍帶豬排都不知道呢！

這些白色種族腦袋都有洞，說不定還不屑嘗試人類的食物！

就在我有點懷念起藍帶豬排時，本來還帶著反抗意識的妖精突然眼睛一眨，噴淚了。「對不起，剛剛要殺你的是我……可惡的黑色種族求你發發良心……要剁還是剁我吧……你可以拿我的肉給我父親，千萬別讓他吃……我可以代替他死……嗚嗚嗚……求你放過我父親……你要怎麼殺我都可以……」

……

……

不小心弄哭一隻孝心大發的妖精該怎麼辦？

可能是我第一次揣摩壞人，分寸沒有掌握很好，以至於後來貝銘妖精完全聽不進我的話，哭得有夠悲慘，最後只好求米納斯去安慰他。

比較不像黑色種族的米納斯溫溫柔柔地哄了好幾分鐘之後，妖精終於停止驚嚇的哭泣，含著很可憐的淚水抬起頭讓我問問題了。

「你這種東西是怎麼當上獵殺隊的？」我抱著手站在一邊，問完才想到好像有點罵到我自己，剛入學時我根本也沒好到哪裡去，整天啊啊啊啊啊地大驚嚇。於是我修正了下問題：「貝銘妖精現在也趕流行，獵殺黑色種族了嗎。」

「我們不是……」妖精縮了縮身體，好像想把自己縮成一團球，接著囁嚅了幾句：「前兩天獄殺隊的人傳回來說發現天女草……我和父親才跟上來的……我們戰力比較低……隨行記錄黑色種族和其他發現的歷史……」

難怪聽到妖師會吃人就屁滾尿流了。

……

不對啊我們又不會吃人！這記錄種族是專門造謠的嗎！

忍下往他後腦搧一巴掌的衝動，我繼續問：「天女草很罕見嗎？不是一般會用的藥物嗎？」

「不不你這黑暗種族不懂，天女草只長在水系相關種族附近，野生的數量相當稀少，栽培不易。」妖精一說到自己的專業領域，話就多起來，也不哽咽結巴了。「現今有很多珍貴藥物都是使用天女草輔助煉製，只是大多是種族人工栽培，我們聽說有伏水舊址還有大片野生的天女草，才跟著來的。」

所以當初魔龍確實沒有說錯，這眞的是個有用藥物。

「你很閒跟著獵殺隊來看可以人工栽培的常用藥物？」腦袋有洞嗎？

「不不，剛剛說過了天女草長在水族附近，也就是說這裡要有『活的』水族，天女草的生長和水族的力量會進行呼應，力量越強便會越茂盛，藥效也會特別好。」妖精皺起眉，好像直接忘記他現在是半個俘虜的身分，很認眞在和我們研究：「可是你們來到現在，看見活著的水之種族嗎？」

別說活著的……死的也沒有。

欸等等，我怎麼覺得這種依靠種族的生長模式好像在哪裡聽過？

一時之間想不起來，只能繼續聽妖精說下去。

「我們剛到時，那些天女草茂盛得簡直像是這裡還有很多水族或伏水族生存，可是上頭什麼也沒有，我才趁其他人找凶殘的黑色種族時偷偷溜進來下面，然後……」妖精習慣性地抬起頭，猛然跳了一下，看來應該是想起我們就是那些「凶殘的黑色種族」。

「所以我們到底吃了誰？」我有點沒好氣地哼了聲。

「你、你吃了時間種……」

「他有血腥味嗎？」魔龍突然朝妖精丟了一個很奇怪的問題。

妖精愣了幾秒，有點疑惑、有點害怕，還有點小心翼翼。「是、是沒有，但是大家都說你吃了時間種族的人……」

「本尊是不要求世界上除了我之外都有腦，不過腦子眞的每個人都應該擁有一個。」魔龍有點挑釁地斜了妖精一眼，「這樣你們這些人形生物會比較好溝通。」

妖精張了張嘴，好像是想反駁，就在他糾結的同時，大殿深處再次傳來剛才那種野獸般的吠聲，這次接近吼了，好像被觸動了什麼怒火一樣，劇烈的聲響震動空氣，讓我也下意識退了一步。

「嗯？奇獸？」魔龍蹭了蹭鼻子，打了個噴嚏，「皮屑都飛到這裡了。」

就算皮飛到這裡也對你沒影響好嗎，明明就是個靈魂體裝什麼過敏。

我白了魔龍一眼，「有危險嗎？」雖然鬼王在裡面，不過果然還是有點讓人擔心。

「沒事啊，那傢伙剛剛又不是在生氣。」魔龍挑起眉，用一種看白痴的眼神看我，「根本在撒嬌，蠢獸一隻。」

「講人話。」誰聽得出來是不是在生氣，那吼聲還滿凶惡的。

「聽不出來嗎，那傢伙剛剛說：『我又沒有拜託你摸我』。」魔龍用看白痴的表情翻譯。

「……」

完全聽不出來！

說著同時，那聲音又吼了下。

想想，既然沒有什麼危險性，還不如自己過去看看算了，好過在這裡和妖精大眼瞪小眼，反正他大概也不會想和我們進一步溝通。

我盯著鬼王離去的方向，雖然他完全收起了自身的黑暗氣息，不過我還是可以感覺到那邊隱隱有個黑色的不明存在。打個比方來說，就是明知道前面好像有什麼黑色種族，但不知道那是什麼，而且顯然還是對方願意讓你發現才能察覺。然後在他面前，有片水氣十分濃郁的玩意……是片沒錯，一整片的水氣力量，並不是個個體。

這應該和天女草有關？

還是這就是重柳要我去的地方？這會和我有什麼關係？

收回米納斯和魔龍，我無視不知所措的妖精直接往大殿通道走去，反正也沒有其他白色種族的感覺了，就算有，也會在鬼王通過時被收拾，所以這條路應該會比想像中還要安全一點。認真說起來，這個妖精會出現反而還比較異類，沒被鬼王先清掉好像哪邊不太對。

我走了兩步，突然隱隱有個奇異的想法……哼。

轉入後殿通道時，走廊並不如想像中全黑，兩側古老的燭台都已點燃暗色幽冷的火光，一路折射著有些冰藍的光點，蜿蜒至深處。那些燭台不知是怎麼雕刻的，材質與一路走來看過的這些壁畫相同，每個都唯妙唯肖地刻著小龍模樣的圖騰，每個都抱成圓球的形狀，鏤空的中心安安靜靜地燃燒著那些火焰，在壁面上打出各種優美光影，看著覺得整個人跟著沉澱了下來。

不知道是不是鬼王早就預計我會跟上來，這簡直像是幫我準備好的路——畢竟鬼王本身好像不太需要特別的照明，要這麼費力氣找路的現場只有我一個。

既然他刻意點燃了一路的燈，那就表示前方沒有任何危險，甚至算是安全，他可能希望我在這條路上發現點什麼，所以連一盞燈都沒有遺漏，於是我便不急著去終點，而是放慢腳步，看起牆壁上的壁畫與記錄。這些東西魔龍和米納斯也會備份起來，實際上我們可以回去再分析，可見他要我看的不是眼睛可以辨識的圖紋。

將手貼到牆面上，我閉上眼睛，專心感受可能藏在裡面的某些東西。

果不其然，過了一會兒，石壁下貞的隱約有股非常細小的力量波動回傳到我的掌心裡，有些清冷、微弱，但綿延細長，像是有條小水流藏在裡面，經過了上千年還在沉默地流淌著；整條通道的牆後布滿了這種細流，就連很不會辨識的我都可以發現下方的流動簡直編織成了一張大網，直直流往向內，這是在遺跡上面那時完全感受不到的狀況。

鬼王或重柳要我看這個？

「伏水一族的水脈還活著？」

我猛然轉身，看見那個貝銘妖精竟然跟上來了，還嘖嘖稱奇地摸石壁，一臉很有研究精神，把剛才的慘狀全拋在腦後。「怎麼可能呢？撤族幾千年無人管理，竟然還保存得這麼完好……難怪上面的天女草會長得如此茂盛，簡直像是伏水還在的樣子。」

「你現在又不怕被吃了？」我看著整隻趴到牆上、恨不得黏進去的妖精，嘖了聲。

貝銘妖精抖了一下，有點怕怕地轉過來看我，「你……你沒有血腥味……沒吃人，應該不會吃我吧？我也是會反抗的！」

「我沒有吃過人，信不信隨便你。」反正信不信我也還是不會吃他，吃下去這本就眞的變成恐怖故事了。

妖精沒有再講什麼，摸摸腦袋便轉回去貼在牆壁上探查「水脈」。

「伏水的水脈是什麼？」我看他好像知道那是啥玩意，就站在旁邊發問。

意外地，回答我的不是那個已經快把臉貼死在牆上的妖精。米納斯有些溫柔的聲音直接傳到我腦袋裡：「是清淨水氣，你記得嗎，以前我們曾經聽其他人說以前某些種族的居住地有純淨力量，現在已經很久沒有這種地方了。」

被這麼一說，我眞的想起來，不過具體有點忘記，總之是很久以前有些區域有純粹力量，對許多種族來說是夢寐以求的居住地，然而現在力量都已經混雜，找不太到了。

所以這是伏水族的純淨力量？

「不，這只是匯聚，眞正的純淨力量在後面。」米納斯的水珠飄出來，指向了通道後方，也就是現在鬼王所在的位置。「這些牆後面像是過濾網，慢慢地將外面的雜氣篩掉，最後將比較乾淨的氣息集入末端。」

收集的？

也就是說伏水神廟以前也不是純淨之地吧，不然應該不用做這種濾網，還是他們想要更進一步把精煉過的純粹力量引導到哪裡去？

「這是——！」

妖精的聲音突然大起來打斷我的思考，我轉過去看見對方活像嗑了什麼一樣整隻跳起，接著超級興奮地直接一把抓住我的手臂，又忘記我是恐怖的黑色種族，興奮地嚷嚷：「這是大發現！你可以感覺到嗎！這上面有一條是醫療用的萃取術法！是古代伏水一族對天女草的應用，這在我們的記錄上還沒見過啊！」

「那公會記錄呢？」我瞇起眼睛，盯著對方抓著我的手，浮上個把他打斷的想法。

「搞不好有，我們貝銘畢竟是小妖精族，說不定公會的黑袍記錄中有收存。」妖精很不好意思地笑一下，還是很亢奮地拽著我要去看上面的東西。「不過現在這裡有原版的！伏水一族親自刻上的記錄！一定是運氣很好才能看見，你看這些還維持著半啓動的狀態，說不定原本的功能還能用呢……你看看這邊，雖然我不太明白伏水古文字，但刻圖記錄顯示這座神廟曾經有大量戰備醫官駐紮過，表示這座神廟當時一定處在戰火中，所以底下才會聚集這麼多醫官。」

妖精也不管我的反應，逕自拽著我跑到另外一面牆前，很興奮地對著上面的幾幅敘事圖比手畫腳：「你看這裡，這神廟甚至還有精靈入駐過。還有這個，看起來像是人族一樣，肯定是當時的特殊種族……」

我看著他所謂的「特殊種族」突然想笑了，如果不是因爲在然那邊看過「千眾」的打扮，我可能現在就會很無知地以爲這是啥特別的種族或者普通人類。當時看著妖師的起源記錄時，我注意到千眾家衣服上都會有一小撮草一樣的繡花，大部分在衣襟上，特別是那位美麗的女性，衣領繡得明顯。

妖精自顧自地沉迷著壁面，上面刻畫的精靈、伏水醫官，與他所謂的「特殊種族」列隊前進著，隊伍井然有序，人數也相當一致，三個種族各自六人，然後在這支小隊伍前面有幾個人扛著一具一具的水晶棺沿著神廟偌大的通道行進。

下一幅畫，他們來到一個相當大的水池前，水池中心有著一朵又一朵蓮花，而池底赫然就是這種棺材，滿滿地排列著。

那十八人就在水池邊，有的祝禱有的往裡面不知道撒什麼東西，看起來相當忙碌。

再往後一幅壁畫被破壞了，彷彿有巨大的野獸往那些壁畫狠狠刨了幾下，全都是比我腦袋還大的爪印裂痕，後頭連續幾幅相關壁畫就這樣全都毀損，地上還有一大堆被掃到旁邊的石

塊，應該是殊那律恩剛剛路過時清掃出來的路。

我沿著走道又走了很長一段，隱隱可以看見盡頭的微光了，那裡傳來野獸低低的聲音，不像是之前那種凶惡的咆哮，而是好像在講什麼悄悄話一樣，雖說野獸講悄悄話好像有哪裡不太對，但就是給人那樣的感覺。

「你不繼續看嗎？另一邊還有，機會難得喔！」妖精在後面喊我。

「……伏水的天女草具體功效是什麼？」

「啊？」

「你說那是很多藥都會用的貴重藥草，具體是解毒還是療傷奇效啊？應該有個特別突出的功用吧。」我摸了摸被抓得很粗糙的石壁裂縫，問著越來越熱心講解的妖精。「戰時被那麼多人廣為使用，搞不好其實具備抗毒或抗污染的藥效呢？」

「那、那也說不定……」

「別在那邊假了。」我打斷對方的話，搓了下手指，上面有點水氣的濕潤，米納斯和老頭公聯手布下的雙層結界在我們周圍無聲展開。「我同行的人和我完全不同層次，他們怎麼可能沒發現你，更別說你好像還不強，也比你爸他們太會躲了吧。還有……」

拍拍石牆，我退開兩步。「我下來之後有注意到其實這裡除了我們，沒有其他人進來過。

獵殺隊發現天女草你們就跟來，那除了你之外的人怎麼會沒下來過這裡？沒辦法下嗎？那爲什麼現在你又在這裡面埋伏？不是跟你爸他們在一起？他們就不怕黑暗種族根本沒逃走而是藏在這裡面嗎？」

這個記錄妖精從一開始的出現就很奇怪。

米納斯和魔龍可能是因爲靈體或其他關係比較不受限制，可是剛才鬼王帶我下來時，很明顯就是沒人來過這片地下神廟，既然如此，這個妖精到底是怎麼鑽進來的？

「我是……」

「繼續裝啊，你說你的，我說我的也可以。」我把米納斯化成的槍的槍口對準妖精，魔龍的小飛碟在周圍發出低低的吼嘯聲。「所以你誰？又想花式陷害大法了嗎？這次玩什麼？遇到黑色種族的倒楣妖精從世界上蒸發嗎？」

妖精就這樣原地沉默了幾秒，接著一反先前白色種族的氣息，一抹淡淡、帶著腐朽與血腥的味道在空氣當中溢出，晃出了絲絲熟悉的噁心味道。

接著，他露出笑容，雖然頂著妖精的外表，但是那雙眼睛整個變成血紅的顏色，瞳孔像是蜥蜴一樣豎起，眼白部分反轉成讓人不適的濃重深黑。「妖精」慢慢地半駝起背，喉嚨裡發出幾個混濁的聲響，嗓音變得很嘶啞，完全不像剛剛和我對話的那個神經病青少年了——「你這次反應比較快了，難道是這白色種族有破綻？」
「不不你誤會了，我是從一開始就沒相信過你。」
我都跟白色獵殺隊嗆過聲，總有一天會回來找他們算帳。
所以，他們怎麼可能讓人信任，只要今天在這個獵殺隊裡，就算是個腦殘的妖精也一樣。
我誰也不信。

※

妖精——不明的黑色種族、甚至可能是鬼族或黑術師，在我們面前瞬間失去身影。
他沒有離開，我可以感覺到險惡的氣息就在我們附近，在伏水一族殘存的乾淨水霧力量裡特別明顯，雖然捕捉不到正確位置，不過可以確認他還在周遭，如同準備獵食的猛獸一樣，繞著米納斯和老頭公設下的防護壁慢步踱圈，戲弄並享受著獵物的那份緊張。
這時候其實我不太清楚米納斯和老頭公所能提供的結界強度到底有多強。他們的力量來源取自於我本身的力量和精神，以及某些可能我自己都不太清楚的部分，所以這方面我完全沒有限制他們取用，要多少就多少，反正我相信他們也不至於把我整個抽乾，死了對他們並沒有任何好處。

這點在魔龍身上也很有體現。

總之，我到現在還不知道他們到底可以到什麼強度，還有我可以提供的限度，大概之後得請教鬼王這個問題。

米納斯和老頭公的結界當中編織出了細微的黑色力量，邊上的小飛碟無聲轉動著，那些黑色細線如果不仔細看幾乎看不見、感覺不到，網狀的結構正在快速過濾周遭異物，都不知道他們哪來這麼自立自強的創意發想，有時候眞覺得在我這邊工作辛苦他們了。

還沒掃出藏在黑暗中的邪惡，那隻妖精又從角落陰影中跳出來，身上圍繞著不祥的黑色毒素，讓原本充滿明亮氣息的妖精青年臉上浮現了即將扭曲的陰鬱。

「你要讓這白色種族成爲鬼族嗎？」妖精微微偏著腦袋，露出了異常猙獰的微笑，毒素一圈一圈在他脖子邊懸繞著，像絞繩一樣帶著冷冰冰的威脅。「別傻了，你很在意這些白色種族不是嗎？只要我動手，他馬上就會成爲吾等同伴。」

我看著妖精的皮膚上賁起鼓脹的青筋，縱橫交錯地一條條逐漸染黑。屬於黑暗的語言在空氣中盪開，「這人」並不是在說假話，這腦殘妖精已經一腳踏在扭曲的邊緣，我完全可以感受得到，幾乎無法逆轉的毒素預備好入侵他的身體，擰碎他的心智，雖非自願，但也無法阻止。

……沒錯，我還是不太想牽連這個倒楣的妖精。

就算多討厭獵殺隊，一個人好好地在眼前扭曲還是讓人非常不舒服；好像原本可以救他，卻只能眼睜睜看他死，這種感覺一而再、再而三，挾帶著窒息的無力感不斷疊壓下來。很沉、很重，還讓人非常不想忍受。

我動了動手指，黑色毒素稍微離開了妖精幾公分，馬上又被看不見的手按回去，對方八成感覺到我在試圖剝離那些黑色力量，所以強硬控制著刀刃，不給我這半桶水的妖師找縫鑽。

這讓我覺得，這人應該不是那些百塵家的黑術士，他們對我才沒有這麼溫和，肯定立刻就把妖精給五馬分屍。但他又一臉看過我的樣子，看起來也不像白爛的安地爾，那傢伙最近都懶得變裝了，直接不要臉地跳出來到處亂跑。

而且，眼前的人還有躲過殊那律恩的本事……

「裂川……王……」我冷冷勾起嘴唇，補兩個字給他：「八蛋。」

空氣中傳來吱吱嘎嘎、爪子滑過金屬般刮出來的刺耳聲音。

「小小的妖師，你膽子還算是不小。」妖精張開雙手，咧出一個冷笑，我們周圍立刻陷入一片黑暗，瞬間與世隔絕：「不過，至少膽子過關。」

「這年頭大老闆還要親自來聘人嗎。」我翻了個白眼，握住米納斯的槍。面對這種邪惡說不害怕是騙人的，不過至少沒有以前抖得那麼厲害。有時候想想，學長他們在還沒變得那麼強的時候，遇到莫名其妙的威脅是什麼反應？

可能，不會像我那麼沒用吧。

記錄妖精雖然被霸佔身體，不過還沒扭曲成鬼族。眼前的裂川王應該只是意識依附在他身上，然後將我們扯進他的黑暗空間當中……這裂川王也是空間系的？記得上次安地爾被我嗆外加搶劫的空間，的確也說是王八蛋製作的。

該不會也是百塵家扭曲的吧？

不對，我猜應該不是，如果他是百塵家，那個黑術師肯定就會把他抬出來說嘴。

然而他似乎很強，好像也和黑王交手過，爲什麼沒被排在四大鬼王裡面，只是個小小的區域性鬼王？

「我們並不須要浮上檯面。」妖精發出了低沉的笑，深淵般讓人打從心底厭惡的聲音像是看透我的想法而傳來。「唯有世人都察覺不到你存在時，你才擁有最完整的優勢來顚覆這些愚蠢的無知生命。」

「他們永遠都只會爲了眼前的一點蠅頭小利爭得你死我活，看不見這世界眞正的價值。唯有我們才能夠徹底挖掘眞實，連同整個歷史時間都掌握在手裡。到時候，無論你想要什麼都可以，不用再去管那些狗屁種族，歷史軌跡。」

我笑了一下，回答：「喔，那我要你的命呢？」

「……」

就知道問這種問題只會換來點點點！再騙啊！

妖精停頓了幾秒，不死心地繼續：「……你說的東西太膚淺了，我的黑暗兄弟，你還不明白你們的價值，這世界你們一直擁有一份，只要你們想，管他什麼既定時間，那些都只是爲了限制無上力量編造出來的可笑謊言，你們隨時隨地可取回你們應有的榮耀，君臨整個大地。」

榮耀嗎？

我看著妖精，思考著我是否能夠辦到。

不要像以前一樣後退了，其他人在這種時候做的應該都是往前踏一步吧。米納斯的細語提示與幾乎看不見的水霧告知我已經差不多可以行動，就等待眼前的記錄妖精多邁出一腳了。

「小妖師，設下陷阱想暗算我嗎？」妖精發出讓人不舒服、自以爲慈愛的笑聲，就像一個想要僞裝成長輩的假貨揣摩著和藹，卻噁心得像放了半個月的餿水一樣，讓人想來回吐三遍。

「你可以試看看，雖然這只是我一小片意識，不過讓你們這些小東西有點成就感也是好的，但我覺得會是挫折感比較大。」

「我知道你們本來就看不起我，那你就走一步吧。」我抓下旁邊一架小飛碟，既然對方都表示願意要讓我嘗試了，我也就光明正大往小飛碟上面灌進我的力量，上頭像是龍鱗一樣的圖騰變得血紅明顯。

「有何不可。」

記錄妖精一邊說著，一邊很悠閒地走出一大步。「反正，你怎樣都不敢下手傷害這個白色妖精吧，孬種。」

「嗯，對啊。」我點點頭，「所以我傷害你。」

透過魔龍小飛碟增幅的黑色力量猛然炸開，米納斯也在同一時間行動，像是要接應我們一樣，外來的奇異水氣炸開黑色空間，硬生生驅散黑暗，帶著我們回到伏水的長廊當中。雙兵器的術法急速竄入四面八方各處壁畫，溢出隱藏在那一幅幅圖騰記事後頭沉眠已久的古老力量。

我只是在賭……

當時的重柳如果是要讓我下到這裡看這些東西，依照他的性格，他不會讓我在這裡遇到危險，或者讓我在這裡扭曲成他不願意看到的樣子。

——他會救我們逃出追兵的魔爪。

所以這裡面必定有什麼能夠幫上我們的暗招。

周圍的牆壁猛地亮了起來，在上面看過的白色光點流星般急速在幾面壁畫上畫出陣法圖騰，那些光點本身沒有什麼力量，卻很好地引導了米納斯和魔龍一左一右畫出水色和血色的兩種陣法，複雜的雙色圖形眨眼構成，急速啓動。

披著記錄妖精皮的裂川鬼王發現自己太過大意想要反擊時已經來不及了，水霧在他周圍拉出網子將他整個罩在裡頭，上頭還有大量的米納斯牌高級強力膠，直接把他封死在網子裡頭，接著血色陣法高速轉動，配合小飛碟嗡嗡嗡的聲響，硬生生從妖精身上拔出一大條黑色細線。

我目前的力量如何我自己沒個底，但是我全力把自己的力量輸出到魔龍的增幅器裡再反吸收，我就知道那力量應該足以炸死個沒防備的白袍了。

熟悉的恐怖力量在這伏水族的神廟通道中降臨，我抓住被抽出來的黑線，手掌一收一握，很快地把黑線拉扯出來，那東西在空中打轉著變成一整團的球體，散發出濃濃的腐臭氣味與邪惡的毒素黑光。

「你能用黑色力量和毒素，我也能用，所以我說這些東西在還沒進到妖精的身體裡面時，我們還有機會可以搶一搶，你認爲呢？」

握住最後一絲從妖精身上抽出來的黑球，我冷冷勾起笑，另一手直接彈了個響指，米納斯與魔龍的雙色陣法往掙扎的妖精身上飛撞過去，直接將暗色人影擠出妖精的身體，甩飛出一大段距離。

白色光點像是完成自己的使命般散落在四周，彷彿雪融，最後的形體就這麼緩緩地消失。

我閉了閉眼睛，在心中說了句話。

謝謝。

第二話　誰是創始者

記錄妖精重重地在地板上跪下，明顯雙眼翻白、失去意識，整個人後仰摔倒。

被撞出的黑影倏地回過身，就想再往妖精身上攀附回去，不過另一道影子更快，直接擋在黑影前方，活生生將那個東西給反彈回去。

晚到的哈維恩甩出了彎刀，擋在我們面前拉出幾個加強性的保護陣法，然後惡狠狠地瞪著黑影：「滾！我的主人要統治世界不用你這東西濫竽充數！」

講得我們好像要去稱霸世界一樣……並沒有好嗎！

「垃圾夜妖精。」黑影不以爲然地冷哼了聲，「滾邊。」

「該滾的是你這王八蛋吧。」我看了哈維恩一眼，後者立刻把那名記錄妖精拖到一邊，快速設下幾個保護陣，雖然做得有點心不甘、情不願。轉回黑影，他從剛剛被撞出去的一坨，逐漸成爲普通成年男人的形狀，血色的眼睛緩緩在黑暗中睜開，直接與我對視。

這剎那，其實我差點往後退一步，打從骨頭裡面感覺到了噁心厭惡，詭異的涼氣直接塞滿整個身體，還散出讓人過敏的某種惡毒，那感覺就像抓了很多蚯蚓從領口扔進去，全身都被這玩意爬滿，整個超級不舒服。

還好其他人的保護陣法夠強大，沒讓威脅滲透更多進來，我還勉強能硬忍住那種想把他剝頭皮的不快感，沒有退開。

不知道爲什麼，我現在突然好像稍微可以感受到其他人獨自面對壞人時的感覺——當然不是指那種把壞人打扁時的超強無敵狀態。而是當他們面對比己身強大的人、無法後退時的某些心情。

不過也有可能是我自我感覺良好啦，畢竟像學長那類人遇到阻擋時，比較多的想法應該還是：「管你啥鬼東西，一律全碾過去就對了」。

「你想和我搶黑暗？」黑影突然冷冷地笑了幾聲，彷彿聽見什麼天眞笑話。「你知道這人偶是我用多少力量捏出來的嗎？」

「可能不到你指甲大的力量吧。」我很順地直接把話給接過來，反正我也沒想過他會拿過半力量來看好我。「既然你是如此強大的鬼族，甚至還收編過往的百塵作爲手下，那到底爲什麼一定需要我們妖師本家的力量？你自己去毀滅世界不就好了嗎？」

對方沒有立刻答話，我環起手，冷眼看過去，「雖然我這人有點白目，不過基本的事情還是知道，眞正有力量的人早就去打得對手哀爸叫母、碾壓世界，你如果眞那麼強，爲什麼要躲在獄界那麼久？到現在還不自己出面？」

我所見過的王者，狼王就不用說了，活生生就是「誰打你我去打他」的代表，冰牙族的大王子面對威脅時眉毛也沒動過一根，不論是在火流河那麼極端相對的環境下，或者直面重柳族的逼殺，他們總是不屈於別人，從容且游刃有餘地去處理掉擋在他們面前的障礙；更別說他們身後還各自守護著一條世界脈絡……

反觀這個裂川王，什麼都不知道，縮頭縮尾沒正式看過本人，說沒鬼都不信。

而且，千年前直到至今的妖師本家事件明顯也與他們有關聯，這麼理直氣壯一直來講幹話怎麼自己都不會臉紅？

「小妖師，你還不懂……」

「想要我懂，就亮出你眞面目啊。」打斷對方的話，我嗤了聲。「光是這點，白色種族就做得比你好。」

「這句話倒是沒說錯。」

淡淡的聲音擦過我的手臂，鬼王那身特殊布料飄過，也不知道在附近聽多久了，挑了這時間冒出來，悠悠哉哉地走到哈維恩前方，隨意在空氣間彈了下指，四周猛然劈里啪啦地傳來大小不一的破碎聲，接著是好幾縷黑色毒氣平空冒出，一個個掉落在地上。「記得，當這類陰險角色的廢話明顯太多時，四周動的手腳也會越多。」

殊那律恩抬起手，裂川王的黑影突然整個抽搐起來，手腳像是吃了鹽的水蛭扭轉變形，還沒讓他反抗，人形被倒扭了一圈，吊到半空中，然後在走道的另一端，我看見早已經在那邊等的陰影，兩人腳下同時出現一模一樣的黑色陣法，颳出冰霜，把看不見的毒素全都刨挖出來，牢牢實實地封進冰霜裡，三兩下解決所有陷阱。

幾乎被揉成黑球的人形也沒有發出痛苦的聲音，反而是咯咯咯地大笑起來。

「殊那律恩……小鬼王，你的小小城市正在被我的大軍圍攻，你敢自己離開領地跑來這裡？」人形挑釁地硬擠出一個鬼臉，黑色的面容上有幾道血光勾勒出像是小丑一樣的怪笑。

「嗯？你攻進了半步嗎？我沒任何感覺。」鬼王微偏了偏面頰，可能思考了幾秒，也有可能是在與獄界通聯，接著回應對方：「沒錯，你連半步都還沒攻進，一層結界都還未破開。」

「……」人形瞬間沉默。

說眞的，這講法果然讓人很吐血，什麼就算我這鬼王不在家，你大軍攻城還不是踏不進半步……

……

……

我靠等一下！黑王的領地還被包圍著？

你們根本還沒打退那時候的襲擊？現在獄界其實還在戰爭中？

我默默在心中倒抽口氣，感覺到無限循環的靠北之聲。

人形再次緩緩地笑了。

「殊那律恩……小鬼王啊……你忘記背脊的疼痛了嗎？」

這次的惡意赤裸裸直指鬼王，後頭的陰影眉一皺，直接打崩他半個形體，他還是沒止住話，絲毫不受影響地笑著說：「我還記得很清楚，你的血味有多甘甜，當初你的理想規劃得多麼好，這份理念我一起幫你延續了，你說呢？」

「你想太多了，那是你的，不是我的。」殊那律恩冷然回道：「別得了便宜還賣乖。」

被打碎一半的人影再度緩緩地笑，充滿邪惡。「呵呵呵呵，我只是提醒你，我們是一路貨色，不要在這裡蒙蔽妖師小孩了，你怎麼不老老實實告訴他，這黑暗同盟到底誰才是最起始的人？說不出口嗎？你還自以爲是當年的……」

「我是創始者，有什麼問題嗎。」鬼王說著，淡淡地往我掃了一眼，一邊的夜妖精連忙擋到我面前。

我快速搖頭，絕對不敢有問題。

就算今天他開口說四大鬼王都是他以前培養出來的左右手我也絕對沒有任何問題！

有時候有些事情放在錯的人身上叫作陰謀，放在對的人身上就是另有深意，眼前這就血淋淋的標準例子。不管裂川王講什麼我都覺得這票人不懷好意，殊那律恩這麼輕輕講一句，我就覺得當年他一定歷經各種磨難才想要做點什麼，絕對不是壞事。

唉……人自身私心的可怕。

人形可能也沒想到他這麼痛快直白地承認，又停頓了幾秒，默默轉向我：「你以為戰役沒他的份嗎，你認為他什麼也沒做過還能得到如今的四大鬼王地位……」

「如果對黑色歷史有興趣，我建議你到我們領地中的歷史藏書庫好好閱覽一遍。」這次打斷別人話的是陰影，幾乎完全和人類沒兩樣的力量擬形體翻了一記白眼。「多謝那些曾經身為白色種族的傢伙們留下來的習慣，以及喜好三天兩頭錄入編寫的行為，我們的歷史書庫極為壯觀，有空可以多去看看，每一本都經得起與白色世界的歷史交互比對。」

啊，這個我有興趣，我想看。

我想知道黑色世界那些很可能與我相關的事情。

「……」人形沉默了半晌，大概覺得今天可能講不贏鬼王二人組，悻悻然地改口：「他不會永遠都天眞地任你們拿捏，待黑暗血脈完全覺醒那刻，他必定會成爲吾等一方。」

「那也是他的選擇，我從不干預生命的路途，只要他們秉持自我，不怨不悔。」鬼王淡淡地回應。

「你們就繼續說漂亮話吧。」

估計也是見眼前情勢沒辦法再多做什麼，人形陰冷地笑了。「那就先到此爲止吧，吾等就在獄界等候你們俯首認輸，獻上自己。」語畢，形體瞬間碎散，簡直消滅得飛快，一點灰塵都沒有留下。

鬼王轉過來看著我，我這時突然發現他其實並沒有像先前對付敵人那樣釋出壓迫，就算剛剛和人形你來我往時，也沒朝對方丟出高壓，現在想想，反而還比較有點像是在單純打嘴砲。他當時已經不覺得對我們有什麼威脅了嗎？

話說回來，也確實沒威脅，不然我早就扁掉了，根本不用等到殊那律恩他們來介入。

「你先收回自己的力量，免得引動過多的沉睡之物。」殊那律恩伸出手指，輕輕地在還發著光的壁面畫動了一個小圈，細碎的淡銀色光芒稍微往圈邊靠攏，不知何時開始，空氣中的水霧已經變得極爲濕潤，還隱隱帶有清淨力量，一掃方才人形帶來的毒素和惡意，眼下只留存了一整走道的清新舒爽，精神隨即好了起來。

我連忙和幻武兵器們把調動的力量慢慢收回來，接著有點訝異地發現剛才透過石壁傳出的力量好像被洗滌過，濾去了某些雜質，返回到我身上的力量居然比釋放出去時還要乾淨……也不知道該怎麼形容，就真的是「乾淨」很多，原本該有的那些黑暗煩躁感大量降低，心情居然跟著平緩了一些。

「過來吧。」

鬼王朝我和哈維恩兩人招招手，並沒有詢問我那些莫名其妙的感想，顯然也沒打算解釋黑暗同盟的事情，招呼過就逕自背著手邁開步伐。原本與我們有點距離的陰影瞬間出現在他身邊，回頭看了我一眼，示意我跟上。

雖然滿心疑惑，不過讓米納斯他們回到手環上後，我也趕緊跟上這兩位老大的腳步。

……

對了，剛剛裡面的猛獸呢？

※

伏水神廟的地下通道盡頭，是個極大的空間。

至少有三、四座足球場般不可思議地寬廣，與在外面看見的大小不成比例。踏進去時，我整個感到很震驚，震懾於神廟眞正的規模，一望過去差點看不到盡頭，幾乎很難想像當時的人究竟是怎麼建構出這麼大一座神廟的內部，最終還將它沉入大地中封起；何況這還僅是一部分，並不是整體；現在看起來，我們最初踏進、以爲是大殿的地方，比較之後，眞的就只是個門廊的規模，我想了一下，感覺好像能隱隱感受到一點點當年伏水一族全盛時期，這座神廟的盛況榮景。

整座水色大殿——姑且先當它是大殿，不論梁柱、地牆全都是水色的玉石鋪成，除了寬廣以外，高度也相當高，仰望起來至少有十層樓的天花板上全都是雕飾繁複的浮雕，其中有許多應該與外面走廊一樣都是記事圖板，可以看得出來每一個區塊都有各自的主題，拆開來看，光是天花板上至少就有上百則敘事，還能排出先後年代順序；延伸下來的四周梁柱壁面也不遑多讓，盡數充滿精緻圖雕。

天花板的正中心有個巨大突出的半圓球形狀，整個球體是鏤空的，上面有著大量龍與魚的精細圖騰，還有些細碎的花鳥紋，不過有一側很明顯被人破壞，原先完美的水玉被打破了一個猙獰缺口，破洞直搗圓球中心，裡面似乎原本應該有擺放什麼，現已整個被挖空，留下殘敗的空洞凹痕。

圓球的正下方，就是剛才外面壁畫中看見的「水池」。

這水池比我在看壁畫時想像的還要大，其實根本可以說是一座小池塘了，整座池子已完全乾涸，別說蓮花，一滴水都沒有，池中散落許多大塊破碎石板、毀壞的斷面石雕，很顯然就是上方半球體被破壞的部分。

也不知道當時究竟發生什麼事情，這些破損竟然完全沒有清整，原樣留到現在。

水池四周地面上有著九個動作不一的龍形圖騰，四面八方、間隔距離相同地往水池靠攏，好像正在前進，也像從四周特定位置守護著中心點。

雖然因爲此處殘留術法守護，讓池子與內部物件沒有蒙塵，但也看得出來這些毀損已歷經不只千百年歲月，斷面上隱隱長了一些小小、不明的白色結晶物體，似乎連空氣都凝滯停留在上方。

仔細一看，其實整座大殿內部被破壞的地方很多，大大小小的梁柱上有各式各樣爪痕裂損，地面也好幾處被砸出深淺不一的坑洞，看樣子這裡曾經歷過一場惡戰，可能有什麼大型野獸衝過伏水結界，襲擊這處地方。

我慢慢看著裡面的一切，鬼王沒有出聲，更沒有催促我，整個空間很安靜，不明光源照亮所有角落，明亮卻不刺眼，雖然映在水色玉石有著冷光，卻給人一種很柔和的感覺。下意識動了動手指，感覺到一絲水氣從地面纏到指尖上，好似被那些水珠給友善輕吻了下，散出清涼的氣息。

這裡雖已停止運作，但不少力量仍在，只是非常散亂，沒有一個集中這些紛亂的中心點。

我回過頭，看向殊那律恩。

鬼王點點頭，動作優雅地指向上方，示意我看上頭的中心球體：「那裡曾經存在著整座神殿最重要的核心。」

伏水一族發生什麼事情了？

我看著空洞的球體，掂了掂手上的水珠。

還沒想出個所以然，同樣逛了一圈的哈維恩反而先有反應。黑小雞站在一面被破壞的大型壁畫前，盯著上頭十多道深刻爪痕半晌，轉向鬼王：「……幻獸？白色種族內訌嗎？這上面並沒有黑色種族的殘留力量，水石還很純淨，並不是我們黑色兄弟做的，也不是邪惡所為。」

被黑小雞這麼一說，我才驚覺剛剛一直感覺有點怪怪的地方在哪裡。的確，這些破壞上面完全沒有任何黑色種族的力量，遺跡反而整個都還很「乾淨」。

「不錯，你仔細多了。」鬼王淡淡地說著，然後領著我們走到水池邊上。

跟著一直走過去，我才發現水池下竟然還有東西，一看見我們靠近，便開始發出呼嚕呼嚕的恐嚇聲。我看見層層水石碎片底下，隱隱有顆比我腦袋還大的藍色眼睛，虹膜布滿了許多藍色與藍綠色的各種組織紋路，中心豎起的瞳孔有些顫動，不斷發出充滿威脅性的猛獸低響。

幻獸？

在這裡活了幾千年？

哈維恩朝我比了個讓我小聲點的手勢，接著壓低聲音在我身邊說道：「這是意念體。」

掛了的？

我點點頭，往後退開一步，安靜地看著藏在水池裡的形體，像是沒重量般緩緩上浮出來，大量細小微光像是被這陣騷動所吸引，快速聚集而來，原先看起來相當不明顯的輪廓慢慢清晰，發著弱光的銀藍色頭顱從池底晃出。

光看單顆眼睛就知道這幻獸一定不小，眼下鑽出來的腦袋氣勢並不比敓之谷的巨狼們弱，那是有點近似狐狸模樣的腦袋，但不是毛茸茸的，而是像龍一般充滿冰冷的鱗片與近透明的鱗翅，幾條像是光組成一樣的細線在牠頭顱後無重力地飄浮著。

幻獸無聲跳上水池中一大塊不規則的水石上，優雅的身形底下是龍一般的獸爪，有力平穩地將牠那極大的身體固定在斷石頂端，居高臨下地俯瞰著我們，那雙眼睛帶著幾乎像人類般擁有智慧的視線望過來，空氣霎時凝結。

豎起的瞳孔凝視著我，幻獸從喉嚨中發出低低的咆哮。

「你就是繼承力量的妖師？」

我愣了一下，發現我和幻獸瞳孔對上，腦袋裡竟然蹦出陌生女性的低啞嗓音，隨著那低咆起伏傳來：「本家的血脈？嗯……你就是前幾日闖進來的那行人嗎，這身黑色氣味一致，不過當時你充滿憤恨與怨懟，黑暗力量難以駕馭，瀕臨崩潰邊緣，現在似乎好了許多。」

「很抱歉，我那時候不知道這裡面還有其他人。」自然而然地，我低下頭。這幻獸雖然只是意念體，卻有一種令人無法失禮直視的高雅儀態，彷彿有與生俱來的某種神聖感，純淨得令人不敢輕易觸碰。

「不要緊的，孩子。你那在這裡消逝的白色友人已經告訴過我，你還迷惘著，但是他擔保你不會扭曲，所以當時我才沒有出手。」幻獸微微瞇起眼睛，傳到腦中的聲音也變得柔和許多。「他並沒有說錯，不是嗎。」

「嗯。」我點頭。

「可惜了，如果這裡不是現在這樣子，那白色孩子或許能夠得救。」微光的巨大身體站起，幻獸往上方破損的半球體看了一眼，「伏水的生命之石若是還在，那孩子的損傷只須好好歇息，過陣子便能康復。」

「……」我握了握拳，有點不以爲然。

幻獸在我腦袋裡輕笑了聲。「我明白，你一定認爲，現在說這些話根本沒用。先不說生命之石早就被破壞，當時救不了的人，再怎麼惋惜也不可能復活……我只是懷念著伏水存在時的榮景，若是他們並未離去，那這位鬼族的憾事或許不會發生。」

似乎也聽到這些話的殊那律恩沒有太大的反應，只是輕輕地開口：「我不會對此感到悔恨，任何選擇都遵行主神的道路行走，即使最終灰飛煙滅也不會有任何怨言。」

一邊的陰影好像不是這麼想，我隱隱可以感覺到有絲絲黑色力量波動，貌似不同意鬼王的話，不過表面上沒有表現出來。

「那個……」哈維恩發出聲音，這讓我確定了幻獸的對話是全部人都有聽見。黑小雞看了看上面的破洞，然後轉回幻獸問出我也很想知道的問題：「如果這裡就是伏水的治癒場所，是不是可以重新啓用？」

「年輕的夜妖精孩子，恐怕你不明白伏水爲了生命之石付出怎樣驚人的代價。世界的運作不可能讓你毫不付出就得到一切，伏水全族原本能夠延續千萬年，卻將己身永恆奉獻給生命之石，只爲了診治無處求援的生命，直到最後一人倒下，從此血脈斷絕。」

幻獸說著這話的時候，雖然是對著哈維恩，但我總覺得牠看的是鬼王，話中有話地說道：

「你們疑惑這裡遭到什麼毀壞，這是伏水最後一人所下的命令，在治癒力量被邪惡利用而反噬之前，儘可能地銷毀啓用記錄，不讓這神聖之地被扭轉。生命石只聽從伏水王族的話語，王族破滅後，它就只是普通的石頭，那些小偷再怎樣搶奪，都不可能復原了。」

「……生即是滅，對吧。」鬼王迎上幻獸的目光，淡淡地開口。

「沒錯，生即滅。你們並非我等待的人，那就請諸位安安靜靜的，如同來的時候遠離這座神殿，將尊重還予伏水一族。」

雖然不是很懂他們在打什麼啞謎，不過後面這段我聽懂了，幻獸要我們離開神殿，開始下驅逐令了，我們的確打擾到這個地方的安寧。

「抱歉，不過我可以再問一個問題嗎？」看著扭頭要回返水池的幻獸，我連忙往前走了兩步。「那時候的天女草眞的有用嗎？」

這幾天，這個問題一直讓我很在意。

當時重柳說天女草有用，我們也認爲有用，但是最後他還是走了，那麼我們究竟有沒有救到他？

還是從頭至尾我們都是在自欺欺人，那只是個其他人不忍說破的善意謊言？

爲了不讓我扭曲？

這個可能性像根刺扎在喉嚨裡，無法吞吐。

幻獸回過頭，女性的聲音再次傳來：「有用的，孩子，那的確有用，天女草寄宿著伏水女神的眼淚與祈願，你們曾經試圖救他，也確實救過他。他只是……註定無法被救回而已。」

我低下頭，感覺有什麼東西從眼眶滑落，順著臉的輪廓從鼻尖掉下。

「謝謝您。」

※

把記錄妖精拖回地面上時，那些獵殺隊都還沒恢復意識。

哈維恩把記錄妖精捆好丟到他的同伴上面，砰的很大一聲，他順便在獵殺隊上面吐口水，看起來很像想要把那些白色種族的腦袋都割下來，不過他最後還是沒有這樣做，大概是因爲當時我瞪了他一眼，他就咬牙切齒地把刀子收回鞘裡，乖乖地滾回來跟好。

鬼王打開空間走道，黑色純粹的長廊一點瑕疵也沒有，如同大王子的白色通道，既幽靜冰冷又不可侵犯。「我們離開之後，遺跡的座標會回到原始地方，這些白色種族自己會離開，不用擔心。」

「裂川王殘留的毒素不要緊嗎？」我看了看那有點蠢的記錄妖精，還是硬著頭皮發問。有時候不得不說黑色同盟還是將我這點吃得死死的，再怎麼恨透這些獵殺隊，看到莫名其妙遭殃的多少放不下心。

「不要緊，已經清除乾淨了。」鬼王也沒嫌我太囉嗦，很有耐心地重複回答這個問題。我回頭最後看了眼那些獵殺隊，毅然決然地踏進黑色走道。

重回伏水神殿原本就是要蒐集所有資訊，殊那律恩離開得這麼乾脆，顯然已經獲得完整需要的東西，我們還不用馬上和白色種族起衝突。

而且我還滿在意他的領地到現在還在打仗這件事情……到底爲什麼你可以一邊被進攻一邊還悠閒地出來郊遊啊這位大哥！

「我從未替黑暗同盟取過名字。」

就在我很認眞思考獄界現在狀況到底是什麼樣子時，走在前面的黑色背影突然拋來平靜的聲音：「我和深在世界行走一段時間後，有不少扭曲的生命開始追隨，他們很痛苦，希望能從我們身上找到希望，慢慢地，這樣的存在越來越多……」

走在一邊的陰影按住鬼王的肩膀，回頭看了我一眼。「他們把殊那律恩當成救贖，不管是眞的想活下去，還是活不下去的，都一樣，每個生命都只是想抓住浮木，即使他們很多都不明白代價；當時狀況很糟，我們也不能把所有鬼族都放在原處，殊那律恩到獄界找到無主之地開闢後安置他們，一邊抵禦其他鬼族和邪惡勢力的攻擊，還要防止被狀況不定的鬼族們從背後捅刀……現在的你無法想像那時候的劣境。」

當天陰影似乎不太想讓鬼王敘述，後來也三言兩語帶過了。

日後我在獄界的圖書館裡找到記錄，才知道當時二王子爲了找到這麼一處黑色的容身之地有多麼艱辛。

扭曲的鬼族雖然能找回本心，但也處於瀕臨發瘋的邊緣——意味著他們時時刻刻會成爲眞正的「鬼族」，回頭反咬殊那律恩一口。

書上雖然沒有詳細記錄，但是防不勝防的反叛在當時幾乎是一天內會發生個四、五次，有時候黑王身邊的保護者沒有注意到，就會直接咬噬在黑王本人身上。又或是原本安寧的收容小村裡暴起個失控者，大批只想要藏匿自己的弱小扭曲者立即被血洗，隨即因此又有更多人因爲恐懼、憎恨而二度扭曲，產生嚴重的後果。

痛苦的生命跟隨黑王的腳步，一開始只有十數個，後來傳說在風中流傳，十數個成爲百、然後千，展拓爲萬，那些藏在黑暗、歷史角落中被遺棄的存在，爲了抓住唯一的希望，形成軍隊，尾隨黑王在獄界建立新勢力。

當時有個自稱「裂川」的人帶著一小群鬼族前來投靠，因爲「裂川」看起來平凡無奇，雖然有力量，但不具任何威脅，擁有完整自主意識、神智沒有被邪惡污染，精神正常地來尋找黑王求援。

「他藏太深了，我們眞以爲是像殊那律恩一樣的特殊存在，所以同意一些協定，要同心協力『救助』被扭曲的人們，也確實救出很多差點被白色種族獵殺的無辜扭曲者。但是……」陰影猛地散出了強烈的殺氣，濃烈的壓迫讓哈維恩立刻擋到我面前。不過這種重壓也就只有短短的一、兩秒，又急速被陰影收回，像是瞬間的情緒失控。「如果我早點察覺，他就是『食魂死靈』的源頭，我就會在那時候把那傢伙撕成碎片！」

「……！」我猛地頓了下，這次眞的有點震驚。「所以你們之前在對抗的那些黑術師和食魂死靈……你們當精靈獵手時就是在對付裂川王的手下？」

我靠這個裂川王到底臉皮有多厚？之前養了一堆食魂死靈，被精靈獵手破壞了半天，竟然還可以假裝沒事上門找人合作？也太不要臉了吧？當時殊那律恩根本就是被他害得這麼慘，居然裝沒事來二度下手？

「對。」陰影瞇起凶狠的眼神，應該也是和我想到同樣的事情上，整個人散發出極度不爽的氣場。「他寄宿在毫無威脅的扭曲者身上，僞裝得太好了，直到我們遭到重創、被帶走了大半的人，後來黑暗同盟的傳說像寄生蟲一樣利用著黑王的故事，四處吸收凶殘的鬼族，還有那些不明事態的扭曲者，以及想逃避一切的新生鬼族……裂川王欺騙他們後讓他們希望破滅，生成更爲凶殘的厲鬼，這就是最開始黑暗同盟的構成。」

說眞的我完全無法想像當年他們遇到的事情有多恐怖，而且還是在獄界這種鬼吃鬼的地方，根本一點退路也沒有，而且搞不好其他邪惡勢力還覺得這種事情很平常，樂得看他們狗咬狗，外加背捅一刀來取樂。

……簡直光想就全身發寒。

「無論怎麼說，我是最開始的創立者，這點無法抹滅，他們是相信『黑王』才會希望破滅，墮身邪惡。」殊那律恩抬起手，出口在我們面前打開，被稀釋過後獄界特有的血腥空氣飄散過來，像是掙脫不了的鎖鏈。鬼王筆挺的背影對著我們，絲毫沒有一點脆弱，迎著黑暗，依然是王者的姿態。「這份公道，我還是必須替他們取回來的。」

黑色種族說出討公道這樣的話，如果是以前那個對世事渾然不覺的我聽到，肯定會覺得很搞笑。

但是現在我百分之百同意鬼王的話。

我們都需要一份公道。

黑色的出口是在極高的指揮台上，幾十層樓高度一眼望下去全數黑壓壓的一片，數不盡的大量鬼族軍隊排列整齊，竟然毫無任何聲響，只有殊那律恩惡鬼王的軍隊旗幟在血色的風中獵獵作響，幾乎成爲猛獸代替那些無聲的黑暗部隊發出咆哮。

指揮台兩側排列著鬼王眷屬，全副武裝的鬼王高手、貴族與將軍，我熟悉的幾張面孔並列左右，萊斯利亞的黑色火焰在風中跳動著，與所有人一起目迎鬼王邁開步伐，走過他們的面前，像是踏著血的道路，最終來到所有人的頂端，俯瞰數千百萬的鬼族大軍。

我在這兩年也見過好幾次鬼族大軍發起戰爭試圖侵略，但是從來沒有看過這麼「肅靜整齊」的黑暗大軍。沒有吼叫、沒有暴躁浮動，就連內心的邪惡聲響幾乎都聽不見，他們對於鬼王只有絕對服從，就像千萬鬼族化爲一體，崇拜著至高信仰。

不論是曾經讓我害怕過的耶呂鬼王大軍，或是攻擊燄之谷的比申惡鬼王軍隊，在這瞬間讓我清楚明白地強烈感受到極大落差。

鬼王在無以數計的目光中抬起手，整片精銳大軍等待他的命令——

「把那些跳梁小丑給我打出家門口。」

第三話　入侵

褚冥漾，好好看清楚你未來的戰爭。

那天，鬼王在指揮台上，輕輕地給了我這句話。

我緊緊握著拳頭，站在鬼王的左後方，不知道是有特別吩咐或是其他人刻意留出給我的位置，當我注意到時，我已經站在一個視野非常好的地方，緊跟在鬼王身側，但又不影響其他人，可以好好安靜地觀摩整個戰場，哈維恩就跟在我身邊，沒有去打擾鬼王與其屬下們對於戰場的調動指揮。

應該說，其實殊那律恩也沒有特別出聲調動，他們的聯繫似乎全是用術法精神進行，指揮台上的氣氛靜寂無聲，幾名鬼王高手和將軍各自離開後，下方的大軍終於開始移動，讓人心裡一顫的恐怖戰鼓聲和號角聲不知道從哪裡傳出，帶著肅殺的壓迫氣氛，讓黑色軍隊看起來像是有規律的浪潮，一波一波瞬間轉送出城。

鬼王的指揮台其實有點像先前燄之谷在火流河裡使用過的力量凝聚平台，不過這邊整片都是黑色的，飄浮在戰場上方，可以很清楚地看到鬼王領地外密密麻麻的低等鬼族，那種沒什麼神智、像是被遙控驅動的蟻兵蜂擁前襲，不怕死也不怕痛，連踩過前面一個「自己人」都不在乎，一個一個往領土邊界的大型結界上撞下去，帶著破壞術法，自殺炸彈般到處不斷爆破。

上次看到鬼王城外襲擊時，規模還沒這麼大，這次的戰線幾乎一眼望去看不到底，肉眼所見的結界外牆不斷發生爆炸，前仆後繼撞死在上面燃燒的惡鬼屍體持續釋放大量黑色毒氣，都快變成一片片烏雲在地面盤旋不散。若這裡有白色種族，肯定會在那些烏雲裡面被侵蝕腐爛。

來自裂川王的軍隊數量遠遠高於殊那律恩鬼王，先前我差點誤入的那片林子已被黑色的鬼海給踏平，黑壓壓的大軍之後是整排整列的大型獸化鬼族，像是戰車部隊般往前碾壓。

不用任何人教導，這次我自然而然地閉上眼睛，屬於我身上的黑色力量傾瀉而出，越過了殊那律恩鬼王邊界上方，被那些守護結界壁允許通行，在入侵者們的正上方延展開，慢慢地感覺到下方有一張密密麻麻的黑色網絡。

可能是因為前方這些做自殺式攻擊的全都是低階鬼族，所以連結他們的黑網彼此傳遞的聲音並不複雜，甚至可說是簡單得過頭，百分之九十九全都是要把眼前的東西殺光，然而還有一個百分之一……

「您的力量進步得比預想的還要快。」

黑小雞有點訝異的聲音從旁邊傳來，然後他按住我的肩膀，原本不太清楚的力量視野突然變得穩定許多，我慢慢地聽清楚了藏在那堆噬殺思考裡面的另外一道指令——

捕捉鬼王……帶回妖師……活的……

要逮我還可以理解，但是要抓鬼王？

還以為抓他旁邊那個比較値錢？

等等，回想起來，似乎我從來沒看過有人跑去針對深的？好像也沒拿著球衝著他大喊我要收服你、黑色的兵器什麼的？

沒有人發現他的身分？

嗯，這也是有可能，畢竟當年時間種族衝進去他的封印都沒發現，看來只要他有心，正常人都無法看透他的眞實身分。

比起來，底下這些低階鬼族整個簡單易瞭，現在的我仔細凝神聽過去，發現沒什麼思考的鬼簡直單純無比，他們心底僅剩的只有單純的殘虐慾望在驅使他們行動，甚至我覺得……

「停下。」

輕輕引動黑色力量，在獄界這種根本黑暗主場的地方隨便都一抓一大把，所以我很輕易地瞬間就找到一群「聲音」特別薄弱的鬼族，接著將我的「聲音」送進他們身上。

幾秒之後睜開眼睛，果然看見遠方一小片低階鬼族起了騷動。就像之前在商店街一樣，那裡有整群的鬼族突然僵直在原地，整個石化般煞住攻勢，後面的鬼族沒預料到這變化，直接撞上去，有的瞬間被踩成爛泥，有的因爲還揹著要炸燬結界的攻擊術法，就這樣原地爆開，炸出不小動靜。

不過這變故只維持了很短暫的時間，畢竟對面有不少黑術師與黑術士在壓陣，片刻那些鬼族就恢復正常，我那小小的力量直接消散，應該說是被打散了，對方的精神術法沖散我的低語，接著還朝我們這邊衝過來，不過在結界邊就被攔下，鬼王的結界還是很強橫的，直接讓外來的不善術法撞得潰散。

「隨你實驗。」

淡淡的聲音飄來，我回過頭，看見殊那律恩坐在不知哪來的大軟椅上，支著面頰，有點懶洋洋地盯著我：「有凝神石的牽引與保護，你的能力眼下可以很好地解放發展；這麼多實驗品在眼前，放手去做，我就在這裡，不用擔心。」

我看他好像眞的還很輕鬆地半閉上眼，一臉游刃有餘的模樣，彷彿外面那些衝撞的都跟蝦米沒兩樣，莫名其妙我湧出了信心，好像能夠放手一搏，沒有後顧之憂。

還沒再來個第二輪，黑色小飛碟毫無預警地竄出來，連魔龍的形體都跟著蹦出，還瘋狂叫囂：「讓本尊來！本尊忍你很久了！你這浪費天資的弱雞！沒見過哪個繼承妖師眞正力量的傢伙混成你這樣子！簡直有辱黑色種族的顏面！現在！馬上！跪下來叩頭叫師父，本尊手把手帶你三分鐘毀滅世界！」

我勾起唇角，看著魔龍氣炸的臉，然後轉向黑小雞：「帶我試試？」

黑小雞瞬間露出一種受寵若驚的表情，很快又變回本來的高冷，不過顯然還是有點開心，那種周身開小花的欣喜根本沒遮掩好。「我……我們……」

「我靠！你竟然敢找這個弱雞二號！」魔龍直接跑到我們面前，超抓狂，「本尊屠戮戰場時候這黑東西還不知道在哪裡當沙子！臭沙子給本尊滾到一邊去，不要浪費食物！」

……誰是你食物啊滾開。

「住別人家的閉嘴，米納……」

「好！你可以不用叫師父也不用叩頭！」魔龍用自己很虧的表情咬牙，低吼：「你不是想變強嗎！現在正要變強就應該來找本尊，只有本尊可以教你，只要你……」

「米納斯。」

我輕喊了聲，大蛇尾直接在我們身邊轉出圈，米納斯飄浮上空中，居高臨下地俯瞰著魔龍，有瞬間我還眞覺得米納斯才是屠戮戰場千萬年那個，因爲顯然魔龍的喉頭也因爲嚥口水而滾動了下，可能是怕了那一大堆實驗強力膠。

「主人不想被干擾時，身爲幻武兵器就該好好安靜。」米納斯冷冷地開口，背後展開巨大水翅膀，非常虛幻美麗，不過仔細一看，全都是黏糊糊的超級黏膠，本來還張狂亂轉的一堆小飛碟全都縮到黑小雞後面去。

「不用代價！本尊教你就是！叫那女人把黏膠收回去！還有不准再把本尊的幻武石黏死在底座上！」魔龍怒吼。

「不叫師父。」我環起手。

「不用！」

「不叩頭。」

「不用！」

我指指旁邊的哈維恩，「兩個，一起教。」

哈維恩愣了下，看向我，但沒有開口反駁。

其實魔龍比我們強太多這點眞的就是事實，畢竟身分和歷練擺在那裡，今天如果不是因爲他有所求而寄宿在我身上當個幻武兵器，我們可能還找不到個引路人來坑。

魔龍看了看我，又看了看黑小雞，嘖了聲。「他媽的怎麼又栽在人形生物上……好！本尊教！」

米納斯將黏膠翅膀收回去，回過頭摸了摸我的臉頰，像是想安慰什麼似的，最終也沒說話，只是勾起淡淡的微笑，身影消散，退入幻武兵器當中。

別擔心，我不會扭曲的。

我在心中如此對著她說道。

我保證。

※

不甘不願的魔龍老師於是就在戰場上方，帶著一臉不爽地給我們開課了。

「弱雞，你的問題就是一直在裝死，覺得自己很弱，明明是『心語』一族，結果活得畏畏縮縮，心語能力的傢伙們應該都莫名其妙很有自信，本尊有次去找他們麻煩，揍了非特幾拳，他還是一臉他揍不死要反殺本尊的態度。」

我舉手，「非特是誰？」

「喔，算起來是你祖宗。」魔龍揊揊手，露出某種嫌惡的表情。「不重要，死得連骨灰都沒有了，你就當是路人Ａ。」

誰會把祖先當成路人Ａ的你倒是告訴我？

「你之前自己體會到那些溝通的決定點沒有錯，但是你這弱雞得拿出最大的自信來擴充自己的容量。假如這是你妖師首領親戚的力量容量……」魔龍張開雙手手掌，然後分開到最遠。「差不多是這樣，然後你的容量是這樣。」他直接把兩手拍在一起。

根本連細縫都沒有了好嗎！

「本尊看起來你現在就是這樣子，精神力超差，天生能力也釋放得超差，沒事還玩把小槍，勾兩個小鬼族就覺得自己很強，要幹就幹大的好嗎，你的基礎目標應該是後面那一排。」魔龍指向獸形戰車一樣的大型鬼族。「而且還要弄得他們反殺自己人，才算及格！不然就該砍掉重練！玩小鬼族還不如去投胎！丟臉死了！」

喔，所以你們要人三不五時去毀滅世界、搶銀行是鍛鍊信心的一種方法嗎？

我怎麼覺得這些人好像都在奇怪的地方找眞理？

「來，本尊教你怎麼去弄那些小雜碎！」魔龍一把按住我的腦袋，直接把我轉回戰場，順便也瞥了一眼黑小雞，再次嘖了聲。「弱雞，把你的力量控制權交一半給我。」

「嗄？不會交。」我還以爲是隨便他們用。

話才一說完，我腳下猛然一個踩空，差點以爲自己要摔下去的那瞬間又整個失去重力般飄浮起來，周圍變得異常安靜……好，可以，這多半是被抓進誰的意識空間還是空間隔離。

被抓得這麼熟悉我都感覺有點賭爛了。

「這是本尊的空間術法。」魔龍從我旁邊飄出來，伸手指向遠方，我跟著看過去，果然看見戰場還在，不是夢連結那種意識空間；我們還在原地，不過被隔離開來。在魔龍的空間裡，那些鬼族身上的聲音變得更明顯了，而且我還看見每一個鬼族身上都有一小搓黑色的光點，有的很微弱，有的稍微明亮，後頭的大型鬼族那種亮點就更強了些。

「所以說你眞是隻傻鳥，你那女的幻武兵器沒教過你借她的『視線』看世界嗎，你弱得出門可以在路邊暴斃就要先借用別人的能力。」魔龍翻了翻白眼，「媽的，所以最討厭你們這些人形生物，一堆有的沒有的好心，怕你心臟病發作、怕你不能接受，什麼都怕不如去養隻雞還能吃比較有價值！」

「如果您的實力有說廢話這麼好，同時也希望您的實力不要發出太大的噪音。」哈維恩擋在我面前，對魔龍毫不猶豫地展現敵意。

「對！還有你！」魔龍直接往黑小雞腦袋上戳下去，我看到哈維恩差點被打偏頭，戳那一下一定很痛。「你！就是你這夜妖精！本尊看你應該算是一堆弱雞裡面比較強那種，你幹嘛這麼遷就這隻弱雞！你看看他身上又裝了這是什麼煞車術法？還有保護術法？你當這隻弱雞三歲嗎！你就該把他踹進獄界深淵，等他爬出來之後就會是你世界第一強的主人！」

敢情你隔離空間是打算一次罵個爽嗎？

還有什麼世界第一強的主人！

提早一個月把我踹下去我穩死的好嗎！一個月前我還沒大抓狂啊喂！

我不知道第幾次後悔和這妖魔簽契約了，這根本是個老媽子妖魔，嘴巴關不起來那種！

「啊！每次看到你們這種有力量不好好使用的人形生物本尊就一肚子火！」

好的，現在這妖魔開始上演恨鐵不成鋼的橋段了。

我想了一下，覺得他大概還要在那邊號叫個一會兒，就繼續去觀察外面的狀況。

經過魔龍的過濾，可以看得出那種黑色光點應該是鬼族的「力量」或是「核心」，辨別方式也很簡單，估計就是大小強弱區分。衝在最前面撞進結界牆灰飛煙滅的那些有的甚至都快看不出來有光點了，後頭那些大的鬼族的光則是大了許多；不過更往後方，我可以看見在上空、有點看不太清楚的高空位置，出現好幾個帶血色的黑暗光芒。

那種血色讓人異常不舒服，光是這樣看著就可以聽到隱約的邪惡語言。從地心最深處吐著蛇信慢慢往上鑽進人心，肆意煽動著黑暗面，要將人慢慢拉入深淵，墜入邪道的恐怖言語。

——你還在顧慮白色種族嗎？

——想想你身邊的受害者們……他們的血……

——不想復仇嗎？

——爲什麼要控制自己……你有力量……就該釋放……

隱隱約約，不知道是幻象或是虛影，我看見一雙手臂朝我張開，面對我微笑的，是極爲美麗的女人，紅色似火的長髮很像我認識的某人，細長的眼眸帶著動人的流光，有些艷麗又有些溫柔，白皙的精緻面孔上有著理解與同情；她穿著一身紅衣長裙走到我面前，語氣中有著憐憫，那瞬間身邊所有聲音都消失了，魔龍在那邊潑婦罵街的咆哮也完全不見，我只聽見女人有些哀傷卻讓人感到撫慰的嗓音。

「你根本不須要控制自己，那些人對你溫柔過嗎？強者們永遠都不明白我們的感覺……他們太強了，包括你的學長，每個人都曾經看不起如同我們這樣的人……好像我們不應該成長，只能永遠屈居於他們的羽翼下，等待他們施捨的保護。」女人走上前來，修長的白色手指摸上我的臉，竟然還帶了讓人異常留戀的溫暖。她的臉慢慢變得有點像是我熟悉的人，但是說不上是誰，就是讓人感到安全且懷念。「但是你會長大呀，你應該有自主的資格，讓自己決定人生，不是一直活在隱瞞裡……想想你的母親，他們如此對待你，不給予你知道的權利，爲什麼你還要顧及他們？」

其實她說的沒錯，我一直沒有自主的資格。

我呆呆傻傻地活了十幾年，以爲整個世界就是我所認知的那樣，我必須乖乖地當個好孩子，就算倒楣得頭破血流，我都沒想過要去害誰，也沒有要去恨誰。

我覺得，我就是很倒楣，只能這樣衰衰地過一生。

搶銀行、開槍打人這種事情，以前想都不敢想。

即使走到另外一個世界了，我還是被隱瞞很多事情，不論是誰都在欺騙我，不讓我知道更多事情。

每個人都擋在我面前，每個人都差點死在我面前。

全部人一起遇到危險事情時，大家第一個反射陣形就是把我圍繞在最中間。

我一直對這種動作有點感動，但又很屈辱，因爲我太弱了，是全部當中最弱的那個人，所以才會讓身邊的人出現這種反射動作，而且還維持了很長一段時間。

如果我不要這麼弱，是不是我就會是那個和他們站成一排、並肩抽出兵器的人？

如果我不要這麼弱，當年老媽是不是不會重傷？然的媽媽是不是不會死？

那時然和冥玥的力量早早甦醒，爲什麼我不能同時醒來？和他們一起承擔應該有的責任？

「你看，你如此後悔，卻沒人站在你身邊理解你。」女人哀憐地放輕語氣，像是捧著易碎玻璃般輕柔：「你讓他們害得什麼也不敢做，但你明明應該擁有改變一切的力量，是所有人聯合起來壓抑你的天性、你的能力……你怎麼就不能釋放所有，好好地爲自己活一次？」

「我能做到什麼地步？」我看著熟悉的紅眼睛，開口。

「你只要呼喚黑暗……將你的身心交給我、信賴我……看著我，你不信任我嗎？」女人握著我的左手，溫柔地開口：「信任我吧，讓我觸碰你的力量，相信我，你能夠變得很輕鬆，就像平常一樣……『褚』。」

「好啊。」

我看著對方，露出微笑，「妳如果觸碰得到的話。」

反抓住對方的手腕，我呼了口氣，解開之前重柳教我控制力量的「鎖」，立刻失控的黑色力量翻湧而出，瞬間將我和女人團團包圍纏繞。

女人原本精美的面孔突然露出恐懼。

「我一直在想，學長為什麼那次還沒清醒，反射動作會那麼殘暴，他明明也沒大我多少。」慢慢地伸出手，我掐住女人被黑暗捕捉而全身僵硬無法動彈的頸子，「如果很多人疼愛學長，讓他活得很安全的話，他根本不會有那種動作吧。也就是說，其實學長一直生活在他必須隨時對抗危險的生活裡，才會養出那種恐怖的反應……他們雖然對我不溫柔，但是他們用自己的方式在保護我，寧可自己活得很痛苦，也想讓我多過一點正常人的生活。妳讀取我的記憶時搞錯了一點，我生氣的不是大家的善意隱瞞，是我自己的沒用。」

「我恨的是沒用的我。」

女人發出尖叫聲，這秒她的紅髮和紅眼睛都不見了，出現在我面前的是個黑暗同盟黑術士打扮的女人，黑色的長髮和蒼白爬滿黑色紋路的臉，血色暗沉的眼裡裝承了最原始的恐懼，圍繞在她周身失控的恐怖黑暗幾乎要將她壓碎。

「我不知道恨死自己的這種情緒加諸在我的黑暗力量上會產生什麼反應，不過妳可以試看看。」我鬆開手，把無法動彈的女人扔進越來越大的黑色漩渦裡，看著她被黑暗吞噬。「對了，你們好像可以連結裂川王，順便幫我帶一句來自台灣本土的問候——」

「我幹拎娘！」

恐怖氣息壓進黑色漩渦後，黑術士像是滾進了果汁機一樣，不到幾秒被攪得粉碎，直接灰飛煙滅在空氣中。

其實我覺得這女人不是實體，應該是對方的幻影，大概是精神幻影什麼的，不過來這麼一個暴擊應該也是夠她痛的了。

慢慢地深呼吸，我讓自己的情緒先穩定下來，接著重新使用起重柳教我的收整方法，將黑色漩渦平息下來，帶回自己身體當中安放好，盡量讓黑暗不外溢太多。經過神殿的洗滌，現在力量果然變得好控制許多，剛剛放出來也挺順的，沒有什麼「卡卡」的感覺。

收回最後一分力量，我背著手慢慢回過頭，對上目瞪口呆的魔龍和黑小雞，接著勾起唇。

「所以要正式上課了沒？」

「你……你……你這弱雞還藏一手！」魔龍跳起來，整個氣噗噗亂叫：「你在耍本尊嗎！你連魅惑的黑術士都打退了！雖然她本來就很爛！那你幹嘛不衝進去大屠殺啊！」

「喔，我剛剛也是實驗啊，我又沒這樣打過別人。」我自己也很驚訝有用好嗎，想說反正失控力量應該會無差別攻擊別人才丟出來用看看的，早知道這麼有用，上次被獵殺隊包圍就該把他們捲一捲，打不死都可以噁心他們一下。

「你這就是最適合你的攻擊方式啊，連結精神襲擊。」魔龍用看智障的白眼看我，沒好氣地罵道：「有心語能力的妖師，根本是最強的精神毀滅者好嗎！你就該衝進去，直接把他們全體電成腦殘！然後反殺！」

「屁啦，鬼王都不一定可以衝進去把他們全體電成腦殘了！」是把我當神了嗎！

「喔，他做得到啊。」說著，魔龍突然撤銷空間屏障，然後轉頭看向殊那律恩。「喂，小鬼王，教學需求，露一手。」

被點名的鬼王微微瞇起眼，面無表情看著根本沒禮貌的魔龍，邊上的陰影則是看起來想把魔龍拖出去打一頓。

「根據你的身體狀況，本尊不強求，你就意思意思給這小鬼看看什麼叫作連結毀滅，弄個目標給他。」魔龍按著我的腦袋，灌進某種奇怪的冰涼觸感。

我覺得全身冷了一下，突然發現視野好像變得更清晰了，可以剔除掉一些有的沒有的雜物，清楚明白看見那些鬼族的力量本源，還有盤據在他們身上的一些術法圖騰與奇怪紋路……之前完全看不見這些，附著在宿主身上的術法其實是隱形的，沒像現在這樣整個暴露出來。

可能還眞的是因應魔龍的「教學需求」，殊那律恩竟然眞的站起身，步伐平穩地走到我旁邊，帶起一陣冰冷的氣溫，後頭的深立刻跟上，幾乎與鬼王並行。雖然應該不可能，但我還是生出一種好像陰影在保護鬼王的錯覺，然而鬼王壓根不需要被保護才對。

就在我分神時，鬼王朝我伸出右手，我連忙收起思緒，把自己的手搭上去。

新的世界畫面在我眼前打開，原先黑沉到好像會塌下來的天空竟然布滿了各式各樣黑與銀交織的巨大法陣……之前雖然我也有看到法陣，但是很少，只有幾個，所以我一直以爲鬼王的領地上就是那些，沒想到竟然是密密麻麻一大片，幾乎撐起整片天空不落下的視覺感。

那些圖案很美，感覺就是黑暗版的精靈圖紋，即使散發出恐怖的氛圍，卻還是讓人想要義無反顧地靠上去。

這些天空陣法讓我想起了賽塔當時在冰牙族外打退鬼王高手時的手法。

如果賽塔活在他的全盛時期……那個神還存在的純粹年代，是不是也用著像這樣可以撐起整片天的法術，保護整片領土的居民，不讓已經失去很多希望的人們再受到傷害？

殊那律恩調動黑暗，遠比起我的小力量還要更強千萬倍，幾乎是全部的空氣都有了反應，我感受到空氣裡瞬間充滿了臣服，各式各樣存在於黑暗裡的東西全都朝著鬼王躬下身體，彎曲膝蓋，沒有一點反抗，安靜並且乖巧地等著鬼王的號令。

「那些人，太吵。」鬼王瞥了正在撞結界的低階鬼族一眼。話才剛說完，我「看見」空氣裡突然衝出大量透明形體，急速撞進鬼族大軍當中，爭先恐後，就怕會比哪個同伴慢上半步。

那些形體出現了無以計數的「線」，帶著點淡銀色，快速交織成網，眨眼瞬間幾乎籠罩整片蟻巢爆出般的鬼族軍隊，結界外的土地立時有些閃閃發光的。

這時，所有低階鬼族兵停止動作，彷彿集體石化。

原本在操縱那些鬼族的「細語」急了，聲音漸漸加大，但是撼動不了銀色的網，微光還把細語反彈回去，低階鬼族甚至連自己的聲音都消失了，原本的破壞慾望完全不見，場面死寂一片，好像站在那邊的只是成千上萬的「屍體」，徹底無語。

我震驚地回頭，見到鬼王開口，聲音像水晶一樣清澈，卻敲響喪鐘：「如果無法找回自己的心，那就吞噬讓自己深陷泥沼的邪惡吧……你們不再恐懼，我願祈禱你們擁有最終的平和與安息。」

銀網隨即散開，微光沒入所有剛才被捕捉的鬼族身體裡。

我看見那些黑色的光點被染成有些明亮的色澤。

上萬個鬼族同時有了動作，整齊一致地猛然回頭，這次方向不再是殊那律恩領地的結界，而是驅使他們前來破壞的源頭方向。

鬼族不再嘶吼尖叫，憎恨的意念不再滿溢，反而帶著之前我看過的那種肅殺沉靜，統一一致地調頭，自動自發地排好隊伍，整齊地邁開步伐轉向對著他們吼叫的獸形鬼族、後面那些中高階鬼族衝了回去，他們的步伐踩得土地震動，發出沉悶的反撲聲響。

不過畢竟是低階鬼族，雖然數量很多，但肯定沒辦法毀滅後頭的大魔頭們吧。

連我都可以知道這些砲灰最後的下場。

然而這時候的我內心無比震驚，直到鬼王把手收回去，我視線中的天空再次黑暗深沉，那些術法又悄然消失，我還是處於極度驚愕狀態當中。

有時候人無知真的算是種幸福，當你看到更高層的眞實後，就會深刻地體驗到什麼叫作差點被嚇得尿失禁。

殊那律恩這個「教學」眞的快把我嚇得心臟病發作了，我第一次完完全全了解爲什麼他會是一個沒有人敢輕易動他的「鬼王」。

這就是鬼王真正的力量。

愣愣地看著鬼王走回他的大椅子，我帶著還沒平復的心情轉向蹲在一邊的魔龍，並且朝他伸了中指。

完全做不到這種程度好嗎去你媽！

魔龍嗤了聲，站起身，「弱雞，沒叫你馬上做到，這是你往後第一個目標，你至少要能做到小鬼王的一半，因爲你們妖師的『心語』有的就是這種力量。」妖魔由上往下看著我，「命令一堆雜碎沒有你想像的難，這是你們的天賦。等你做到這第一個基礎目標時，就沒有人敢隨便欺負你了。」

我吞了吞口水，把嚇飛出去的靈魂塞回來一點。「眞的能做到嗎？」不要說一半，一半再一半再一半我都覺得好難。

妖魔笑了。

「白痴，不然你以爲妖師靠什麼毀滅世界。」

第四話　敵人的敵人

說真的，沒被做這種魔鬼要求之前，從各種典籍和傳說來看，我本來以為妖師毀滅世界靠的是命令陰影。

接下來的時間裡，被推翻了這種想法的我就被魔龍押著重複對那些不斷冒出來的低階鬼族進行連結、引動黑色力量煽動他們逆襲，接著遭對方黑術士反擊，拉回自己的大軍，來來回回的雙方交互搶奪循環。

簡易的連結精神其實並沒有想像中困難，只是尋到對方的力量線之後，把自己的黑色力量搭上去，在聽到「聲音」的瞬間「出聲」，讓彼端有所反應後，搭建起連繫。說白一點，還是有點誘惑哄騙的意味在裡面，然而我的程度沒那麼高，只能靠著先天力量優勢，在逮著獵物的同時大欺小地命令他。

就這樣來回幾波，我看那些低階鬼族也快神經錯亂了，有些來不及消化指令，乾脆就揪著身邊的同伴發狂撕咬，場面混亂成一片，開始有點搞笑了。

就在我腦袋開始腫脹暴痛之際，對面拉扯戰的黑術士們也終於忍耐到了個極限。一瞬間我雞皮疙瘩全炸起，隱約感覺有股巨大的力量往我頭上砸過來，還沒觸碰到之前，那一團力量又整個反彈開。

哈維恩的手擋在我面前，將攻擊抵擋回去。

戰場突然安靜下來，不論是敵方或是殊那律恩這邊的抵禦軍，兩方像是同時電波對上，立時停止彼此攻勢。

「差不多了，你先到後面。」魔龍抓住我的領子，把我往後拉開，正好給我一個喘息休整的時間。「中途談判外加招攬時間，小孩先閃邊，本……」

「退開。」陰影直接把魔龍趕開，還斜了他一眼，彷彿在看什麼小屁孩一樣。

喔也是，雖說魔龍加上死亡期間有三萬多歲，但是陰影畢竟是最古老的世界兵器，也不知道存在多久了，肯定是比魔龍活得更久，搞不好多他個幾十倍，都可以當他祖宗之類的，難怪陰影會用這種眼神看魔龍——雖然我覺得他對魔龍不爽很大一部分是源自魔龍剛剛對鬼王不太禮貌。

「你先回來。」一波腦袋抽痛度過後，我先將魔龍收回手環上。應該是精神力真的有點透支，魔龍也沒多廢話什麼，身影直接消失，讓我可以再稍微輕鬆點，照陰影的示意，與哈維恩退到一邊，等著對方的到來。

殊那律恩隨意地揮了下手，我們兩人身邊湧上一層淡灰色的薄膜，看不出是什麼作用，不過戰場上的血腥惡臭立刻被隔絕開來，而且隱約可以感覺到上面有類似隱匿術法的波動。

「還好嗎？」哈維恩趁空檔連忙抓著我上下察看了一遍，然後抬手在我兩邊肩膀上拍一拍，最後右手掌貼在我的腦袋上，直接灌了一波舒緩術法進來，很有效地快速緩解頭痛，還附帶稍微幫我恢復少許的力氣。「有沒有哪裡特別不舒服？」

看著緊張兮兮的夜妖精，我壓住差點叫他媽的衝動，咳了兩聲，小心翼翼地退開一步。

「就頭比較痛而已。」以前也有過度使用精神力的經驗，所以我大概知道頭會痛一段時間，有機會要好好睡一覺。

不過剛剛在拉扯鬼族時的確有收穫。

現在聽這些鬼族的聲音比先前還要清楚，之前我聽到的都是似有若無、斷斷續續，剛才認眞凝神去捕捉，發現他們的聲音越來越清晰，還可以感受到獄界有某種存在慢慢往我身邊聚集，似乎對我有點興趣，正在觀望徘徊……還不像殊那律恩那樣可以非常隨意地使用他們，估計要在進行溝通之後，像是以前在學院學到的，與他們締結契約之類的，才能夠完整地運用黑暗力量。

原先這種感受應該要讓我覺得有點恐怖，因爲我本來是白色世界的人。

然而剛才我的心態卻是有點興奮的，那些黑暗帶給我的感覺已經變成親近，我打從心底可以明白我不會被傷害，而且還可以進一步熟悉並驅使，這讓我難掩那種因順利而感覺有點愉快的心情。

我幾乎都快能聽見心中有聲音在催促著自己學習更多、吸收更多，盡快能熟悉所有的黑暗……好去吞噬所有讓我煩心的一切。

「你真的沒事嗎？」哈維恩微微皺起眉，相當慎重地重複了一次問題。

我勾起笑，拍拍夜妖精的肩膀。

「這陣子從來沒這麼好過。」

這是真的。這段時間我只感到無限的黑暗和絕望，被壓迫得好像都不能抱持什麼希望一樣，但是這時候我突然發現原來我還可以抓住點東西，讓我更強大，以後可以站在其他人身前保護他們的可能性。

一定不會再讓那些可惡的人來欺負我們。

「你……」

哈維恩的話還沒說完，某種強大力量來襲讓他安靜下來，按著彎刀，擺出最高警戒姿態，就像鬼王身邊的陰影，雖然表面上看不出個所以然，然而我已經感覺到他力量氣息的變動，顯露出淡淡的肅殺氣氛，等待對方到來。

先前幾次與黑暗同盟交手，全都是與黑術師、術士群，外加各式各樣的小嘍囉碰撞，所以我一直覺得裂川王本人應該是如同耶呂惡鬼王一樣那種巨大驚悚的存在，不然也是個行動暴龍之類大小的東西。

所以當一個平凡無奇的男人出現並降落在我們面前時，我其實還滿訝異的，一開始還以為這是傳聲筒，直到殊那律恩冷冷地開口——

「裂川王。」

「殊那律恩惡鬼王。」男人微微勾動嘴唇，相當有禮地打了招呼，彷彿隔壁鄰居般地親切，感受不到絲縷惡意。

這人眞的看起來沒有任何特點，就像個在路上隨便走都可能會遇到的路人，一張男性面孔看起來很尋常，五官毫無特色，只覺得長得還算乾淨，眼睛是眼睛、鼻子是鼻子，不大不小，不寬不闊，臉形是瘦長形，雙頰微凹，膚色偏白，黑色的眼珠帶點陰惻惻的森冷，黑色短髮梳在腦後，很規矩地固定好。一襲與黑暗同盟差不多的大長黑袍子掛在身上，隱約可以看得出來身材不錯，撐得起整件袍子。

另外，他的沒特點還包括了沒半點力量散逸，就像個超級普通的人類，感受不到他是善良還邪惡，有哪種屬性，或是哪個種族，他全身看起來毫無防備，通通都是破綻，好像連我這種鹹魚都可以隨意弄死他。

如果我不知道他就是裂川王，我可能眞會對這人沒有戒心。

男人的身後又浮現出兩道身影，一個戴著鐵面具，是讓我立刻暴怒的百塵鎖，另一個是沒見過的女人，黑髮、紅色眼睛，長得很美艷，也是一身黑術師的斗篷袍。

「哪，我們的小妖師呢？」裂川王一點都沒有自己身在敵營的危機感，反而很悠哉地在身前交疊雙手，一臉來找朋友遊玩的愉快感。這讓我確定殊那律恩的法術確實就是把我們隱藏了，我和黑小雞明明就在鬼王側後，他們卻沒看見，就連百塵鎖都沒往我們這裡看。我按捺住恨意，盡量心平氣和的，聽著不要臉的黑暗同盟首領繼續瞎扯。「看他正在力量成長，吾等甚感欣慰，放手讓他玩了一會兒，現在也該出來見客人了吧。」

「前提來的是客人。」殊那律恩淡淡地掃了百塵鎖兩人一眼，有點漫不經心地把視線放回裂川王身上。「你們繼續進攻也是白費力氣，我雖然不在獄界爭奪，但就是多了比申惡鬼王也奈何不了我，她既然曾被燄之谷封印力量，在解開之前都不足爲懼，包括她的手下。」

「那你不怕我嗎，殊那律恩？」

裂川王平淡的語氣挾帶著強悍的氣壓自天空降下，黑色的天空陡然傾斜，瞬間天塌似地整個裂開，不過在砸落大地前被幾張結界法陣穩穩地托住，只帶來幾秒震動大地的餘波。

「你說呢？」鬼王動作不變，四周氣溫卻急速下降，高空中的黑暗平台直接結出一整層冰，連空氣都不斷凍結成冰珠掉落，三名黑暗同盟的人衣服都蓋上一層薄冰，不過我們這邊一點事情都沒有，我甚至沒感到太冷，只是從外面的變化來推測他們的溫度肯定不是正常人可以忍受的低。

「呵呵，你不怕，但是小妖師不怕嗎？」說著話的同時，裂川王抬起手，後方的百塵鎖直接丟出一包東西。

那是個籃球大小的黑色布包，袋口並沒有紮上，丟到平台上時翻滾了幾圈，裡面的東西立刻散落得到處都是。

剎那間，我差點衝出鬼王的隱匿法術，身邊的哈維恩用力拽緊我，巨大的力量拉得我兩手臂都快脫臼般整個痛了起來，但他還是沒放手。

帶著血掉出來的好幾樣東西是我最眼熟不過的！

最明顯的就是那半件被撕得破爛的花襯衫，上面還寫著可笑的「世間第一等」，現在那些會被我吐槽的文字上沾滿血跡，顯然經過惡戰，衣服的主人也不知道怎麼了。另外還有幾件物品，破損的三角護符、幾縷金色微鬈的髮絲和半塊藍色沾血的衣料，以及外人可能難以理解的三角形食物盒子。

我幾乎要怒吼出來，被哈維恩快了一步摀住嘴巴，我掙扎了一下，反射性直接就往夜妖精的手掌咬下去。

哈維恩動也不動，好像被咬的不是他，就維持著先前姿勢把我壓制在原地，聽著外面的人繼續說話。

裂川王一腳踩在那半件花襯衫上，帶著彷彿友善的溫和語氣，吐露極度惡意的話語：「小妖師，你可以躲在鬼王身邊接受庇護，但是你那些朋友呢？你們以爲風平浪靜的這幾日，另外一個世界可不一定是這樣。我們花了數千年的準備，大舉進攻世界要的不只是這樣，世界很快就會知道，耶呂惡鬼王的時代早過去了，黑暗同盟將會站到檯面上成爲新的霸主。你能躲，你那些白色的朋友們躲不了，我們注意妖師一族很久了，你的一舉一動、與誰往來，我們都能查清楚；要殺他們易如反掌，你繼續藏著、躲著，我們就慢慢地與你那些朋友玩捉迷藏，一個一個挑出來……還有三王子的孩子，他的至親將他送到千年後想要躲避註定之死，我們就贈予他這份禮物，直到你願意正視你自己的身分。」

「然後像以前一樣逼瘋他嗎？」殊那律恩站起身，抬起右手，掉落地面的物品飄浮起來，在兩方勢力前緩慢轉動著。

鬼王這句話我有點不明白，但是我現在確實有點快要抓狂得瘋了，我鬆開嘴巴，帶著一嘴血想要驅使黑色力量，至少要把百塵鎖的腦袋先扭下來才行！

「現在不行！」

哈維恩在我耳邊低吼：「如果鬼王想讓你出手，就不會把你藏起來，冷靜一點！」

誰不想冷靜！

我——

「這上面沒有亡者氣息，想必你們要弄到這些東西，也是死傷慘重吧。」鬼王走了兩步，不偏不倚地擋住我的視線，隔絕了我和那些物品，平淡地應答：「獄界霸主……哼，你只找了比申惡鬼王，那另外一位呢？」

「你說那條蟲子嗎。」裂川王露出帶有鄙視的微笑。「那玩意不過就是獄界掙扎出來的垃圾，連想要的光都折不下來，不合作也無所謂，況且你們也彼此對立，根本不須吾等勞心。」

「敵人的敵人，未必是敵人，希望你聽過這句話。」

鬼王清冷的嗓音剛落下，原先安靜等待雙方首領對陣的戰場上突然起了大變化。

先是從遠處而來，滿滿盤據了黑暗同盟敵軍的土地猛然大片大片液化，黑色的泥濘波動翻湧，海嘯般往天空大肆掀起，氣勢凶猛地發出狂嘯並往鬼族兵頭上撲下，過程只有短短幾秒，低階鬼族沒反應過來，直接被捲進海嘯般的黑土大地。

翻天覆地的轟隆聲響連我們這邊下了層層結界的高空也聽得一清二楚，讓原本想衝出去的我不由自主地跟著強烈震動停下了動作，愣愣看著好像突然有自主生命的波浪土地。

鬼族大軍的陣線就是在這時候崩潰的，剛才還被我們拉來扯去的低階鬼族軍直接被吞進液化土壤裡，全軍覆沒，後頭的中高階鬼族急速撤後，一退就退得不知道幾百里遠，眨眼時間竟然直接撤清，只剩下不斷往上奔騰、拉出龍捲形狀的水波土壤。

應該是完全沒預料到有這種變故，裂川王身上突然迸出猛烈殺氣，然而只是短暫一瞬，他立即又恢復成普通人之姿。

「景羅天惡鬼王的態度一直曖昧不清，原來早就和殊那律恩惡鬼王聯手了嗎？」裂川王往身後另外那個陌生女人看了眼，後者似乎意會了什麼，一層怪異的暗紅色薄霧從她身上散出，很快又消失。

「並沒有，我們連交談都不曾。」

殊那律恩背著雙手，指尖輕輕敲著自己白色的手背。「你們也進攻不下景羅天的地界，派去應對的另外一支軍隊似乎沒回去，不是嗎，還在這裡說什麼漂亮話，哼。」

「……是你派人去加固景羅天的地域結界和毀滅陣法？」裂川王終於變了臉色。「你們不是彼此敵對！」

這傢伙估計沒想到彼此敵對的鬼王會有這種相互出手掩護的動作。

「你怎麼會認爲我和景羅天有嫌隙？」

我聽著殊那律恩的聲音好像帶了點嘲弄的笑，蘊含極度恐怖的冰冷讓我全身雞皮疙瘩都冒出來，無法想像現在的他會是什麼樣的表情。

液化大地再次轟然發出巨響，房子一般的大型物體直接從地底狂妄地翻出身體，連續一整排披著土壤現身，全是穿著鐵甲一樣的變形大螳螂，最大的都有一整棟十層大樓的高度，每一隻的腳都像大型鐮刀，深深地嵌在土地當中，踐踏著充滿鬼族屍體的泥濘，全體一致轉過身、臉朝外，活像銅牆鐵壁直接守在結界最外圍，虎視眈眈地等待還想進攻的鬼族大軍。

「所以，你們早點退兵就不會死傷慘重了。」

※

後來他們有一整段交談我沒有聽得很清楚。

我的注意力還是在那些物品上面，雖然鬼王說了上頭沒有亡者的氣息，但我仍無法抑止自己不去想其他人現在的狀況。

那時候以爲我自己被追殺，離開所有人之後他們就會好好的。不論是回到學院或是回到他們自己的家族、部落，暫時不接觸的話，大家應該就會像平常一樣在危機度過後又照樣回到學院生活，所以我一直沒有多想。

鬼王的手下們那天報告著各地的災情，其實聽起來還是很像「別人」的事。

就在剛才那一剎那，「別人」發生的事瞬間就變成「我身邊的人」發生的事，妖師本家那天讓人暈眩反胃的噁心感再次出現。

我不再掙扎，放輕了力氣，即使哈維恩還是緊繃地制住我，我也沒再多做什麼動作，慢慢地讓自己冷靜沉澱下來，這次力量沒有像先前一樣失控，反而安安靜靜地收妥在我自己身體裡面，不知道是鬼王還是哈維恩的協助控制。

視線重新清晰起來，我看見遠方有個東西往我們這方向飛來，並沒有被大結界阻擋腳步，而是順利地直接抵達大平台上頭。

踩上黑色台面的是名……應該是女人吧，上半身有點細長，下半身是黑色蜜蜂的尾腹，半透明的黑色翅膀在她周身兩側大張開來，隱隱還可以看見遍布的紫色粉狀物沾附其上，形成某種危險又致命的圖騰，一搧動就會掉落死亡毒素。

「赫塔。」殊那律恩看著來者，淡淡地喊出名字。

「景羅天王尊給殊那律恩捎來問候。」蜜蜂女人沒有對鬼王用敬語，語氣冷冰冰的，聽起來不算友善，但也不特別有敵意。她用那對雙瞳的異眼往裂川王那邊看過去，嗤笑了聲：「被王尊拒絕之後，還對殊那律恩不死心嗎？」

「美好的物品，誰都想弄到手，不是嗎。」裂川王倒也沒有發火，一反剛才對那邊惡鬼王不屑的態度，很有禮地回應：「當然，我們依然希望景羅天加入同盟，共同創造黑色世界。如果還是執迷不悟，我們還是只能將你們踏平。」

「胃口不必那麼大，妖靈界還在盯著你看呢。」女人嗤了聲，毫不在意會不會惹惱對方。

「王尊自有打算，外來者少在獄界指手畫腳。」

「景羅天和殊那律恩聯手與我們爲敵嗎？」裂川王抬起手，邊上的百塵鎖慢慢降下高度，雖然沒有釋放氣息，不過已經表示了威脅。

「長得那麼討厭，不打你打誰。」女人非常不客氣地丟過去一句話。

「純粹想打你。」鬼王老實地回應。

「好吧，看來我們今天不會有愉快的結論了。」長相平凡的男人勾起有點自嘲的笑容，一點殺傷力都沒有，只像個普通人遇到尋常阻礙似地無奈開口：「那就該讓你們被重重打擊一次了，這麼你們就能從挫敗中學點教訓。」

說著，男人的身影就在虛空中逐漸淡去。

這瞬間，我放開手，掐在掌心裡面一小團黑色小漩渦直接將抓住我的夜妖精搧到一邊去，重新得回自由。

闖出隱匿結界的同時，我用最快速度調動了距離裂川王最近的黑色力量，這一刻我恨不得能把這個人的頭整個扭下來，回應我的某種存在扭曲變形，直接轉化成一柄黑色長矛，對著那男人的頭顱貫穿過去。

黑矛落空，穿透了男人的影子。

原來這個「裂川王」根本不是實體，從頭到尾就是一個卑鄙的幻影，而我竟然錯覺他是完整的實體，絲毫沒有察覺哪裡有問題。

短暫的驚愕還沒結束，百塵鎖的臉已經出現在我面前。

「抓到你了！」

剎那間還沒反應過來，我就看見那鐵面具朝我伸出手，腦袋裡當時只想到要殺了他們，相應的黑暗急速在我身邊翻湧靠攏。

不過黑術師還沒碰到我，另外一種黑暗猛地出現，隔擋在我們中間。

一直默不作聲的陰影冷冷看著差一點就能把我拽走的黑術師，然後開口：「帶著你的兩條狗，滾。」

「黑王的『鐵壁』……交手這麼多年，我們始終查不出你的底細，你究竟是什麼呢。」站在原地的裂川王彈動手指，把我凝結出來的長矛像是玩具一樣彈碎，他深深凝視了深半晌，帶著意味深長的笑容說道：「算了，看來小妖師暫時還是必須寄放在這裡，那就讓他再多想幾日吧。過兩天如果還這麼愚昧，就別怪我們開始找你那些天真愚蠢的白色小夥伴玩玩小遊戲，到時候帶來的是手，或是頭，可就無法保證。」

「你試試！」我抓住陰影擋著我的手，咬牙吼出來：「他們每個都是強者，根本不需要我妥協去保護他們，他們絕對不會被你們這些垃圾傷害！我保證！所有人都會健康平安長命百歲！他們會活得比你還要久！我保證！」

而且這種人講話根本不算話，八點檔的垃圾人永遠都是前面剛說完漂亮話，轉頭就在別人背後捅好幾刀！

「呵呵呵……小妖師，走著瞧吧。」

裂川王發出森冷的笑聲，影像在空氣中碎開，徹底消失。

百塵鎖和陰影互瞪了幾秒後，慢慢後退。「愚蠢之輩，枉費妖師一族的血脈。」

「垃圾之人，髒了妖師一族的傳說。」我對著黑術師退開的方向吐口水，憤怒回罵：「殘害同族，反叛結盟，還有什麼資格來說我們！說什麼妖師一族是黑色之首，首你媽啦！當一個鬼族的手下還沾沾自喜跑回來認親戚，去你媽的牆頭草！」

「哼，不與你這種小輩做無意義的低俗口舌之爭。」黑術師一甩袍子，和他的女性同伴轉身離開平台，像是懶得與我們計較。

用力抓住陰影的手臂，這一刻我只有一個想法。

如果曾爲黑暗的兵器，就借力量給我！

借給我力量！

灼熱氣流壓縮成的利箭從我身邊射出時，我什麼其他的想法也沒有，心中的憎恨像是黑洞般無比擴張，覆蓋了米納斯柔軟的呼喊，從不見底的深淵中我聽見異常清晰的聲音。不屬於我，也不屬於我的兩位幻武，是四面八方被負面情緒吸引過來的黑暗世界力量，幾十種嗡嗡聲響進入我的耳朵，自動轉化爲我可理解的意思。

殺了誰？

你想殺誰？

金黑色的陣法在我腳下張開，原本已經退出一段距離的黑術師突然回過頭，看著鬆開陰影手的我。

我抬起雙手，掌心上燃出深沉的火焰，從那裡，我可以感受到我觸碰著獄界的黑暗力量，並與其建立了一條不怎麼穩固、但是已經存在的管道。

或許陰影眞的借了我力量，但此刻我無暇去思考他是基於什麼立場，又或是單純服從妖師的命令，我只知道我手上握著武器，蓄勢待發。

「百塵鎖，你去死。」

短暫時間，我捕捉到一股異常凶厲的力量氣息。

不屬於黑暗，而是個人的……我在那瞬間意外連結上黑術師的精神軌跡，顯然他也沒想到會發生這種事，短暫驚愕過後，我直接被看不見的某種氣流狠狠撞了下，連結直接切斷。

然而這一、兩秒的時間已經足夠讓我感受到那人身上帶有的極度冰冷，除了強烈的殺意和戾氣，還有另外一種……說不出來的針對性。

針對誰？

「你！」黑術師的怒火霎時暴漲，毫不遮掩的赤裸狠意凝結成刀，直接往我頭上劈下來，我幾乎也在同時反射性將手上的火焰砸出去。

眼前兩道身影交錯，深打碎了貫穿保護結界的襲擊，而哈維恩揮動彎刀擋下殘餘力量。我還沒開口，身上突然有某種東西對襲擊起了動靜，那不屬於我們這些人的力量，下一秒我才反應過來，那是然重新放回我身上的詛咒，竟然在這時候對黑術師發動了。

看來他是真的對我動了殺意，還有其他異常不好的念頭，不然這詛咒八百年也沒看它有什麼動作。

黑術師整個人一僵，被詛咒扣個正著，他的身體眨眼開始腐蝕，發出極難聞的惡臭，好像是什麼海鮮在密閉式空間裡腐爛的那種氣味。接著我扔出去的火焰在空中拉長，吸取了空氣中其他黑暗，張開兩大片翅膀，拉出某種鳥類的形狀，還沒看清楚是什麼鳥便重新變回一支飛箭，直接插進黑術師的腹部當中。

邊上的哈維恩嘖了聲，快速將我重新擋回他身後保護。

飛箭戳到目標後逐漸融化，散成液體般沒進黑術師半腐爛的身體裡。說來也很奇怪，不管是被詛咒打上或是被我攻擊，百塵鎖一點反應也沒有，除了最開始的襲擊以外，他幾乎就是這樣眼睜睜看著自己被融化，皮肉下面的骨頭慢慢露出，依然沒有任何動靜，好像這身體不是他本人的一樣。

這讓我想起上一次然在妖靈界動手時，那些黑術士明明看起來沒救了，結果沒多久又活蹦亂跳的事情。

他們不怕咒殺？

雖然曾經是妖師一族的人，但可以免疫攻擊？

這不太可能吧？

如果可以免疫，那麼世界的人究竟在害怕妖師什麼？

不，這不行，他們怎麼能夠這樣一點教訓都沒有就置身事外，不用爲他們的惡行付出任何代價？

不公平，我無法接受！

「可惜……如果今天是你那族長，說不定眞能傷到我。」百塵鎖語帶嘲諷地看了我一眼。

「你的語言力量比起他還要差得太遠，想殺我們還久得很。我們是不會死的，早在千百年前就已經得到永生。」

「這世界上沒有什麼所謂的永生。」淡淡的聲音從旁邊傳來，一直看著一切的鬼王終於開口：「如果有，那便不會被歷史時間所容忍，天網百塵就是因爲這個甘於臣服裂川王嗎。若是，那也顯得愚蠢，令人難以想像你們曾是妖師一族。」

像是聽見什麼可笑的事情，黑術師低低地笑了起來。不過這時候腐蝕已侵蝕到他的胸口、喉頸，讓這笑聲聽起來很破碎，還泛著血毒惡臭。並不在意聲音早就扭曲，黑術師對上鬼王的目光：「你爲了私慾能夠墮爲鬼族，曾經身爲至高無上的精靈似乎沒有資格說太多好聽的話，你並沒有好到哪裡去，殊那律恩。如果那麼高貴，在那天你早就應該死了。」

「閉嘴！」深發出怒吼，一掌掐住黑術師的喉嚨，直接掐爛了腐敗的皮肉。「他和你們不一樣！永遠都不一樣！」

「咳咳……全都是一樣的……你們……也都是……慾望的……淪落者……」

黑術師遭受的侵蝕終於將那張鐵面具也融解，整個人化作爛泥從高空落下，掉出的骨骸還沒落地已完全粉碎，成爲黑色毒素中的一員。

滯留在一邊的裂川王最後一名女性手下似笑非笑地看著我們幾秒，竟然也開始潰散化解。

「有意思，難怪裂川王會執著你們。」

話語說完，她很快分解消失在空氣當中。

到此，我才發現原來這三個人都不是本體，百塵鎖的強大和我們上次在妖靈界所見根本是不同兩種概念，他們只是派來三個假體，根本就是要著我們玩，而我竟然還以爲全都是實體，隱隱以爲我感覺到的就是他們眞正的力量。

可惡！

難怪殊那律恩不讓我曝光，面對這種假鬼假怪的混帳根本都是在白費力氣，提前讓他們知道我現在的狀況完全沒好處，上次嚇到安地爾時我就應該記住這件事……我眞的有夠！白痴！

看著地上那些染血的物品，我默默地蹲下身，小心翼翼地一個個撿拾起來，手指摸上那些赤黑色，上面的血跡早就乾涸，既冰冷又僵硬。

五色雞頭那半件衣服都不知道哪裡買的，現在肯定又得去重找一件了。

下次看到這種衣服，我可以幫他先買好多起來……

空氣再次傳來轟鳴，伴隨著大地劇烈的震動。

我機械式地抬起頭，看見的黑沉沉天空下，那些巨大守在結界外頭的螳螂發出極詭異的嚎叫聲。某種力量從牠們身體中由內向外爆裂，每一隻都像被裝了炸彈在裡頭，霎時間昆蟲的肢體像是喜劇畫面一樣漫天飛舞，不管是哪個部分，甚至是內臟和黃黑色的血，全都大量潑灑在防禦結界上，把那些精緻的結界陣法潑得劇烈一震，部分出現裂痕。

就是這短短的時間，另一支鬼王鎮守在外的昆蟲大軍一隻都不剩，從天空掉下的大量節肢在地上堆疊成一座殘骸小山；僅僅數秒，已在我們眼前上演完一齣禮尚往來的大屠殺。

我看見遠方的空中，黑術師與他那票黑術士子弟依然排列整齊的隊伍，耀武揚威之後慢慢淡化身影，消失在空氣裡，彷彿短暫閉幕。

敵人沒攻進來，然而我們也沒有勝利。

拎起地面上那袋子時，我突然發現裡面還有重量，打開仔細一看，竟然還有兩件物品，等我意識過來那是什麼時，我一句話也說不出來，只感覺兩手都在發抖。

這時候萊斯利亞與一些人回到這上方，不知道是不是鬼王的示意，剛才談判時他們並沒有出現，也沒有打出結界外，只是防禦性地不讓入侵者攻進。

「已經將侵犯者所用的路線與空間定位，隨時能出發。」萊斯利亞低聲地說，並沒有看其他人一眼。

「去吧。」鬼王點點頭，來稟報的一行人立刻消失在我們面前。然後，他轉回我們：「先回城裡，赫塔將軍有其他的需求嗎？」

「景羅天王尊要我一切聽你的吩咐。」女性平板地回道。「吾方在被襲擊時，殊那律恩派出的黑術師軍適時驅逐了敵方，我等自然不會白吃你這人情。」

在他們交談之間，我默默將手上的東西全從袋子裡掏出來，收回自己的空間，一點都不想讓這些物品放在黑術師彷彿裝垃圾一樣的地方，同時慢慢地讓情緒稍微平緩下來。

「這上面沒有死者氣息，你不用擔心。」哈維恩走到我旁邊，低聲開口：「那是陷阱，他們想激怒你。」

「我知道。」而且他們還很成功，我覺得我真的越來越憤怒了。我現在開始思考，是否剛剛瞄準對方腹部就是我的軟弱，我下意識沒有朝致命處打過去，面對強大的敵人根本就是種錯誤，我還能夠這麼軟弱下去嗎？

對於敵人，我應該咬住他們的心臟和咽喉才對。

「其他人不會毫無作爲。」夜妖精似乎對安撫人並不拿手，只是又強調了一次，「白色種族不會放黑術師在自由世界亂來，他們必要時候還是很合群的，你不要……太急。」

「我知道。」

慢慢地轉向夜妖精，我十分冷靜地開口：「我要回去。」

哈維恩愣住了。

第五話　就是個陷阱

我坐在鬼王的那個白色小庭院當中。

不知道是不是殊那律恩的授意，翡花居然離開了白色建築，來到這裡陪在我旁邊。不遠處的黑色走廊隱約可以看見一道陌生黑色影子，正靜靜地往這邊看著，那視線充滿對女性的關切，彷彿在黑暗中只剩這麼一束光，令他不忍轉開目光。

哈維恩也沒有踏進白色庭院，默默守在入口處，很盡職地一動也不動。

「希望你不會介意我擅自使用了這項物品。」翡花端來飄著淡淡藥香的茶水。我一聞就發現味道很熟悉，是當初在商店街摩利爾幫忙調製的、可以安定心神的藥茶。我已經有一陣子沒有泡來喝，前兩天住在高級旅館時，本想拿出來泡，但又不知道爲什麼沒泡，看來是花妖精在幫忙整理房間時留意到了。

我小聲地道過謝，慢慢啜著溫暖的茶水，試著再次讓情緒平靜下來。

過了一會兒，等到心緒平息，我才將杯子放在一邊的小桌子上。

「你想回家嗎？」翡花看著我，又稍待了片刻，才輕輕溫柔地開口：「回原世界的家。」

我點點頭，取出那袋子裡的最後兩樣東西。

一個是我家裝著全家福的相框，另一個則是一本書，乍看是普通無奇的畫本，但是書底卻寫著擁有者的名字。

這兩件物品不像前面那些沾了血，很乾淨，像是在擁有者們不知道的狀況下從他們身邊取得，這個猜想讓我毛骨悚然了起來。

況且家中那人雖然只是人偶，但畢竟照顧我十多年，而且是然的媽媽所有的血肉，幾乎也等同是遺體了……不管哪方面，我都不想讓黑暗同盟的人接觸她們，一想到我們最重要的人身邊有那些東西，我就無法遏止想要回去的念頭，恨不得自己這輩子沒有離開過家裡，好好地守著一切。

「我沒有辦法不去想……壞事。」看著女性溫柔關懷的面孔，我還是不自覺地說出口。人真的很矛盾，就算已經決定不要連累別人，但還是會想要找人說說話，不然真的很難自己完全吞下去。

「他們都只是普通的人類，不管哪一個都是。」我看著照片和書，慢慢收緊手指。不論是我媽媽或是同學，他們一受傷就會流血，一被攻擊就會死。

我這時才悚然驚覺，我一直自顧自地以為他們的目標是我，或是有自保能力的然和冥玥，不會去找原世界那些沒力量、不相干的人們下手，特別是以前的朋友同學們……連這些不知情的一般人現在都被拿出來當威脅籌碼了。

他們隨時可以趁普通人不備時讓他們死得不明不白。

他們也正在對我展現這點。

也是……重柳族都在我家外面徘徊了，只是因爲有人保護我家，才暫時沒下手。那如果有一天這個保護被突破呢？

這不僅僅是個威脅，還是最後通牒，就像剛才他們在戰場上耀武揚威那樣，他們透過這些東西在說：「不論怎麼防備，只要有漏洞，他們照樣會出手」。這些東西就是在告訴我，我知道應該得回到哪裡去，不管我想不想，我都得回去。

他們……究竟想讓我變成怎樣才會甘心？

這一刻我才更加確定，原來之前很多人說我被保護得太好其實是這種意思，不只是精神和身體，就連我的思考方式都被保護著。我一直都在朝比較樂觀的方向思考著這世界，以至於身邊的人已經習慣不想讓我接觸太多惡意這樣的做法。

「如果是我，一定會回去。」翡花輕柔的聲音從旁傳來，帶著明瞭的體諒與安慰，不立即反對我的想法，而是站在支持的立場。「所以我並不會勸你，我們都是最明白這些事情的人，不過你要讓其他人幫你，好嗎？」

我並沒有立刻回覆花妖精的話。

因為不想再害到人而不去聯絡他人，卻又因為不想害人而讓其他人幫忙？

我回答不出來。

於是我選擇逃避這個問題。

「我能夠詢問關於黑暗同盟的起源，或者在哪裡可以翻閱相關記錄嗎？」轉過頭，我低聲問了另一件讓我同樣在意的事情。

花妖精沉默了幾秒，隨即點頭，並取出幾本厚重的書冊，看來是有備而來。「黑王知道你必定還是會對此事有芥蒂，所以讓我來幫你解說當初相關的事情，你可以盡情地問，不必放在心中。」

我接過那些書，發現翡花相當用心地整理出通用語和中文的版本，從羊皮書卷到近代的紙本裝訂都有，可以看得出歷年有人陸續統整這些記載，相當用心；其中還有不少便籤，好讓我能依照上面的標註找到重點頁面。

隨手翻了本看，畢竟黑王似乎沒有打算馬上放我回去，憑現在的我，沒辦法離開獄界，在這邊越想也是越鑽牛角尖而已，不如先轉移一下注意力，等鬼王的決定了。

如同殊那律恩先前所說，這邊的記錄上，最初始的黑暗同盟其實壓根沒有名字，比較近似之前聽過的、那種以「黑王」爲一個概念的傳說。

這些書籍分兩種，一類是比較鄉野傳說的寫法，可能記錄者本身當成奇聞軼事在寫，很容易閱讀；另一類則是流水帳了，也不曉得記錄的人是有多規矩，竟然老老實實地把某年某月在哪裡發生了什麼重大事情——什麼村莊遭破滅、當時有多少人亡故或是扭曲等——都大概做了個數量記錄，沒有多餘贅字，簡直專業。

我先把奇聞類的放到一邊，忍著打哈欠的衝動，在翡花的協助下，果然找到關於殊那律恩鬼王這方某次重大傷亡的損失記錄。

冰冷的文字條列式地記載當時數千名鬼王兵將與居民消逝於內部背叛當中，而背叛者首領從鬼王領地帶走一批鬼族，潛入黑暗深處，後來有相當長一段時間不見影蹤，似乎從獄界中完全消失，查無蹤跡。

這場叛事除了人員損失，鬼王一方的財物也消耗巨大，許多居住所被破壞，獄界其餘勢力更以打落水狗之姿不斷襲擊此地，造成第二度、三度……連串傷害。以至於後來強力重回穩定後，鬼王蟄伏相當長一段時間，至於具體到底是多久，這種應該會寫清楚的記錄本上竟然沒有記載，只用了很模糊的「很久」來表達。

「你在找什麼呢？」坐在一邊的翡花看了我半晌，突然開口詢問。

「沒有，隨便看一下。」記下了上面關於背叛者的資料，我又去翻那疊奇聞，找出關於裂川王的記錄。

這個人來尋找殊那律恩時，雖然沒有自稱王，不過已經有記錄到「裂川」這個名字，在獄界中能找到的最早記載是個很普通的扭曲者，神智清醒，對答如流，還提供不少獄界情報協助鬼王，在當時是很重要的獄界情報來源，也因此奠定了他在此處的一席之地。

翻找了一會兒，我果然在奇聞本中查找到「裂川同懂空間術法之事，還曾建議拓寬獄界走道，供其他人來回兩界使用」之類的述說。

這和我想的沒錯，難怪百塵家會和裂川王掛鉤了，都是會用空間法術的。不過百塵家似乎是完全臣服，有什麼理由讓這些高傲的人在叛出妖師一族後，轉投這個沒有來歷的裂川王呢？

還有，當時爲什麼殊那律恩這邊會對這人完全沒戒心？

再怎麼說，黑王當年也是首席精靈術師，外加一大個陰影，應該不至於會沒有防備進而遭到重傷吧。

「他當時散發了同類的味道。」

我回過頭，不意外地看見鬼王走進白色庭院，原本在幫我整理書籍的花妖精立刻退到一邊。殊那律恩在邊上坐了下來，我這時才注意到陰影居然沒有跟在他旁邊，不知道去哪裡了，鬼王似乎也不怎麼在意，只是逕自繼續開口：「裂川王找上我們時，無法感受到有任何惡意，我曾用術法探測過，確實就是普通鬼族，更仔細地說，他像是普通無力量的種族墮成鬼族那般，難以感受到任何殺傷力。」

「僞裝嗎？」怎麼我覺得好像有某人也幹過類似的事情，而且那傢伙根本連外包裝都整個變，甚至當起了袍級坑矇拐騙。

「不，如果你是指那位鬼王高手的話，是不一樣的方式。」殊那律恩停頓了半晌，淡淡地回應我的問題：「他是藉由吞噬靈魂與軀體來奪走並複製對方的一切。這種吞噬無法持久，亡者的恨意與死亡氣息會慢慢滲出並被精靈術師或高階術師察覺。當年那鬼族會被發現並打傷，很大一部分是因爲這原因。」

那另外一種是什麼？

我看著鬼王伸出手，在我那堆書裡揀出了一本有點薄的書冊，看似相當隨意地翻開。「要僞製生命與特徵並不難，妖師首領使用的也是一種方法。」

「如果是你，會看得出來我媽媽是假的嗎？」

話說完的瞬間，我感覺到殊那律恩淡淡地掃了我一眼，說不出來是什麼情緒，但莫名讓我有種很難過的心情波動，就像是被感染了些哀傷，但鬼王怎麼會為了人哀傷？

還沒理清那種異樣，殊那律恩已將視線收回去，落在書頁上頭。「很遺憾，我也許看不出來，拚上生命的摯愛咒術往往能超越最頂級術師的理解，就連神都會被瞞騙。當時我要妖師首領讓你知悉此事，並不是要讓你深深責怪自己，而是我認為你的承受力高於他們的預估，你已經有扛下痛苦的肩膀，就應該跨出一步，去保護他們。」

「……這一步，很難跨啊。」我本來想扯個禮貌性的微笑，不過笑容垮了，我無力地垂下肩膀，抓在手上的書碰在膝蓋上，感覺都快抓不住了。

「當初，我也覺得很難。」

冰涼的手放到我頭頂上，我愣了一下，才意識過來鬼王摸了我的腦袋，這下子我都不知道該震驚還是該感到窩心了。然後我聽見他說：「當你跨了出去之後，你就會知道接下來該怎麼做了。」

我慢慢地低下頭。

道理每個人都明白，我也懂。

然而，那一步就是非常疼痛。

也就是因此，我必須回家，去面對我自己的起點。

我見過亞那在遭遇打擊後仍是帶領聯合軍隊橫掃邪惡，也見過精靈獵手被黑暗侵蝕仍不忘初衷，他們的痛不比我少，必定比我更加痛苦。我沒有他們那麼偉大，只能望著他們的背影，強迫自己必須要好好振作起來。

「你知道，那就是個陷阱。」鬼王收回手，站起身。

「我知道，就是個陷阱。」我重新抓緊書本，決定讓自己更堅定一點。黑術師把這些東西帶來，擺明就是要讓我離開鬼王的羽翼之下，不管出自什麼原因，他們不敢從鬼王這邊搶人，能確定的是他們就是想把我弄出去。

那又如何？

「難道要因爲是個陷阱我就必須把我的家和家人拱手交出去嗎？」

不管黑術師也好，白色種族也好，獵殺隊也好，這些莫名其妙的人造成的威脅就得讓我放棄我的家嗎？

那根本就和我最早踏上學院的期望背道而馳了。

「我再也不要害怕他們了。」

那就，回家吧。

※

殊那律恩鬼王只給了我這句話。

有時候我覺得，在鬼王這邊的這些日子，彷彿還可以從血一樣的眼睛裡面看見屬於精靈的那抹銀色流光。

並不逼迫他人接受，也不強硬影響軌跡。

他們就像盞安安靜靜的燈一樣，在幽夜中寂靜地散發著光芒，直到人們捱著亮光看清楚自己的道路，重新往前走去。

不論是否身做鬼族，他始終保有與生俱來的特點。

這或許也就是殊那律恩鬼王自始至終都會是獄界最爲特別、並不可動搖的存在的原因吧。

「雖然如此，我還是會派人與你一同回返，既然知道是陷阱，就不能讓你陷進去。」鬼王淡淡地說道：「裂川王有什麼手段，我是最清楚不過了。」

「……您剛剛說，僞裝生命還有其他方法，是不是和時間有關？」再次聽到裂川王的名字之後，不知道爲什麼，我腦袋裡猛然蹦出這個想法，接著我看見鬼王明顯停頓了下，似乎有點意外，我想大概是我的表達不夠清楚，連忙補充幾句：「我一直覺得奇怪，百塵家怎麼會那麼簡單就跑去當別人手下……他們擅長空間術法，記錄上也說裂川王會時空之術，我以前去過時間之流……所以我突然想說會不會是……」

偷了別人的時間，然後貼在自己臉上……之類的概念。

安地爾僞裝別人是把對方給「吃了」，然後直接把自己「複製」成那個人。

那會時空術法的人有沒有可能偷了別人的時間還是歷史的，覆蓋到自己身上，用這種方式來僞裝？

就像動漫電影有演過的那種……時間小偷？

可是「時間」好像也抓得很嚴，還有告密者和時間種族，會有那麼容易偷走嗎？

「如果是你，擁有時空能力，你會如何偷竊這些東西？」鬼王並沒有回答我的問題，反而是提出問題。

溫馨畫風突然變成學術探討風讓我一愣，後知後覺地想起來，眼前的鬼王不管在哪裡都是擁有首席術師的地位，我是頭哪裡撞到才會跟他提出這種假設性概念？

鬼王現在的反應簡直和我們課堂上的老師一樣，聽到學生提出詢問，就會反問「如果是你巴拉巴拉……」，之後就要講好多好多……

但因爲他是鬼王，杵在那裡就是個超級大神無法違抗，我也只能乖乖硬著頭皮回答：「我不知道會不會有個核心的生命時間……可能就是偷那個……跟靈魂一樣搶過來，然後披到自己身上……大概是這樣吧？」

殊那律恩點點頭，並沒有否定我的想法，但也沒有特別肯定，只是繼續爲我解說：「每個生命在時間上都有獨一無二的『軌跡』，一粒沙到一位精靈，皆有，也被稱爲『刻印』，只要存在過，必定都會在歷史上留下足跡。然而這些全受到世界意識的庇護，並衍生出時間種族來守護必要的運行，更甚者，激起水滴就會造成入侵者毀滅，所以生命時間無法說偷就簡單地奪得到手。」

「但是它是可行的？」我小心翼翼地提問，鬼王解釋這麼多，只說到有多嚴密防範，卻沒有肯定地說不能偷。

「可行。」鬼王確認了我的猜測。

「……裂川王做得到這種事情嗎？他是時間種族的人？」不不，這好像說不通，如果裂川王是時間種族，那麼重柳不可能認不出來，他可是連百塵家都清楚指出來的人，我不信他會沒發現這種貓膩。

那裂川王是什麼樣的存在？

「我也還無法完全確認，只是有些猜測，然而在沒有完全充足的證據之前，不能隨意妄口。」殊那律恩背著雙手，走到白色樹木之前。花妖精早就消失了，連守在外頭的人也全都不見蹤影，本來該在附近的哈維恩也莫名蒸發，現在這裡完完全全就只有我們兩個人。我專心聽著鬼王繼續說道：「不過妖師詛咒頻頻在黑術師身上失靈，我大概能推測出他們使用的幾種方式——以時空術法作爲基礎。」

接著鬼王給我講了讓我整個目瞪口呆的術法解說。

雖然我在術法上並不強，但也足夠讓我理解了爲什麼妖師詛咒只讓黑術師一黨不痛不癢的理由了。

「如果遇上妖師首領，你也可以把這些事情轉告給他，他會知道該如何反擊。」鬼王接過我手上的書本，闔上頁面。「裂川王還在這裡盯著我，最多派出黑術師，你抓緊時機回到家中，我會讓人隨同保護你。」

「不好意思，我還能詢問最後一件事嗎？」這個我有點猶豫，但是在離開之前我眞的很想知道。我不確定能不能問，可是不論是爲了我或是爲了「他」，還是想要嘗試問問。

「請說。」鬼王倒是很好說話，看著我的神情很寧靜，讓我覺得他是不是根本知道我要問哪些事了。

「關於當年三王子和黑火淵。」我吸了口氣，硬著頭皮問道：「我們在妖靈界時，遇到的妖魔說有像您一樣的人去向魔王索取黑火淵的解藥，水火妖魔也去過，當年黑火淵對聯合大軍造成毒害的事情，是不是屬實？」

「是。」殊那律恩很淡地開口說出我想知道的答案：「黑火淵是世界脈絡之一，然而屬性爲黑，如同聖光能融解惡魔，黑火淵之毒也能在不知不覺中殺害白色種族。當它被投入戰爭後，因爲只有僅僅幾滴水珠，完全化在鬼族毒素當中，連精靈術師與鳳凰族治療師到最後都沒有發現，導致大戰後，急速死亡與扭曲的戰士激增……如亞那那般的受害者並非單一個案，在我的土地上，還有數千百名當時的倖存者，全爲大戰後被各種族痛苦地送至此處。」

「所以……」我緊緊抓著衣襬，抓得手指都痛了。「學長的父親是最嚴重的那位嗎？」

「是。」鬼王似有若無地嘆口氣。

「是因爲凡斯的那一刀嗎。」雖然不想去猜測這個可能性，但當時凡斯的詛咒那麼強烈，我覺得其實就是雪上加霜了。

不知道爲什麼，殊那律恩這次停頓的時間很長，長到我都開始覺得不對勁了。

「如果不能說的話……」

「你認爲，是凡斯施加的詛咒造成重創嗎。」鬼王和我同時出聲，我愣了一下停住自己的話，愣愣地聽他說下去——

「確實，那也是原因之一，但他會痛苦至死，是因爲……」殊那律恩閉上眼睛，似乎這件事情觸動了他原本麻痺的心。「妖師的刀上，很可能被特意抹上黑火淵的水珠，所以亞那才會是整個聯合軍中受創最嚴重的存在，令我耗費多年拚死相救也無法挽回。」

「！」

鬼王重新睜開眼睛，又恢復了冷漠與無溫，筆直地看著我。「我並未將此事告知亞，這是我的猜測，不一定屬實，你能選擇要不要告訴他，只是我認爲他很可能已經猜到了，畢竟我在妖靈界的行蹤洩露，對他而言足夠提示。」

「那爲什麼告訴我？」我腦袋整個空白，覺得這個訊息太過震撼，讓我一時之間不知道該如何反應。

凡斯死後痛苦得靈魂都碎散……他到底知不知道這件事？

他知道自己刀上有黑火淵的毒素嗎？

他知道是誰給了他那柄刀嗎？

他知道是誰給他下了這個陷阱嗎？

我一直以爲他是懷著無法解除詛咒的愧疚而悔恨發狂，現在看起來可能是有更恐怖的原因，而且這件事很可能是他「死後」才察覺，不然白陵然所擁有的記憶中不可能沒有這一段。

又或者，其實然也知道？

「你在體悟自己的力量時，我曾讀取了片刻的想法。」很直接告知我他在偷聽的鬼王輕輕地說：「你猜想的沒錯，亞的本能反應是因爲他長期處在須要保護自己的環境中。所有的至親都無法伴隨他，他是靠著自己硬撐到今日的地位……或許我只是希望藉著告訴你這些事情，能讓你選擇是否在未來強大後，回頭幫助他。」

學長需要我幫助？

呃、我不要被他揍死就不錯了，很難想像我能幫上他什麼。

「如、如果學長眞的需要我，我連命都可以給他。」結結巴巴地回答鬼王。從入學到現在，要是學長沒在我身邊，我可能已經死了一千次不只，大概這條命都不夠償還，更別說我也欠了很多人的命，大概要做牛做馬好幾個輪迴了。

「相關的事，如果你想學習，回來之後我能指派好的導師教導你，包括伏水神殿那些記錄。」鬼王再度摸摸我的頭，這次居然沒有那種驚悚感了，他給我一種大哥哥甚至是長輩關懷的感覺。「我讓人加速破譯所有記錄，希望能突破某些令人悲傷的困境。」

「一定可以的！」我用力地說道，並在心裡來回加重好幾次。

「嗯，那你就去處理眼下該做的事，早去早回吧。」

鬼王收回手，重回渾身冰冷。

聽見後方傳來細小聲響時，我反射性地回過頭，看見陰影不知道什麼時候出現在庭院入口，他的兩側各站了一名女孩，大約都是十一、二歲左右，如果不是一個面癱、一個臭臉，應該會看起來超級可愛。

面癱的那個一身黑，黑色洋裝、黑色及腰長髮、黑色眼睛，連劉海都直接被剪個一刀平齊，看起來活像個假娃娃；另一位臭臉的則是金色波浪長鬈髮，大紅色鮮艷如血的華麗洋裝，藍色的眼睛往我這裡狠狠瞪了一眼，不知道爲什麼，讓我突然有種奇妙的熟悉感。

兩個小女孩外表南轅北轍，卻又感覺很對稱成雙，一黑一亮，兩張異常蒼白的臉孔都極爲精緻，精巧到不像活物了。

「這是伊麗莎，你們見過面。」鬼王淡淡介紹了金髮女孩。

「是妳！」我猛然驚覺那個惡瞪的眼神爲什麼那麼熟悉了，根本就是上次那個亂七八糟的鬼娃娃！再次上下看了看，果然就是那個娃娃放大的眞人版！

「看屁呀！渣渣！」金髮女孩直接噴了我一句，那張小臉現在一點都不可愛了，藍色的眼睛又泛起紅光，簡直野獸出柙。

「這是深。」鬼王指向那個黑色的小女孩。

……

………

我看了看小女孩，又看了看高大的陰影。

「對，是他。」殊那律恩多給我三個字。

落差有點大！

雖然知道陰影本來就能切割，理論上來說也可以自我分解，但是一個那麼大，一個那麼嬌小可愛，感覺有點不太對啊！

「你有意見嗎？」

「你有意見嗎？」

一大一小的陰影同時開口，連聲音都準確重疊，讓我聽得渾身一抖，全身寒毛都豎起來。

「不敢有。」我吞了吞口水，看著小小陰影。「這要怎麼稱呼……？」該不會大的叫深小的叫淺吧？

「那就叫淺吧。」大陰影直接送來這麼句。

……

……別再偷聽了你們這些人。

還有不要把自己的切分體取名取得這麼隨便，明明你自己的名字就是和殊那律恩一起慎重取出來的。

「深無法陪你前去，雖然是比較小的分體，不過也具備他的力量，可以協助對應危險，你能自由使喚『她』，你有這樣的資格。」鬼王看著往自己身後走去的陰影，後者又站回習慣的固定位，然後殊那律恩轉回看著我：「但有一點，分體離開本體後會逐漸產生自己的意識，雖然有著深分享的性格與記憶，不過難免會開始想要自主行動，我能確保『她』不會傷害你，你只要小心己身安全即可。」

我看著黑色女孩，那瞬間我想起了烏鷲，那個與大陰影個性全然不同的孤單小男孩。

如果每個陰影分解出來後都會有自己的意識，那他們究竟能不能算獨立生命體？幾百個陰影就會有各自幾百種孤單，光想想就覺得很難受。

走到黑色女孩面前，我蹲下身與她平視。「妳好，請多多指教。」

小女孩沒什麼表情，有點機械式地開口回應：「你好，我是小淺。」

……還眞的用了這名字啊喂！

「渣渣！還不出發啊！」

從鬼王那邊領了兩個小女孩讓我看起來有點蘿莉控之後，我本來打算回去整理行李的，才剛一踏出庭院就看見黑小雞迎面而來，想想他大概已經把東西都整理好了，我就停下腳步，而夜妖精一看到我身後多的兩個小孩就皺起眉。

稍微解釋了兩小孩的來歷，我轉頭看向不斷催促的金髮暴躁小女孩，「妳如果不想去可以不用跟過來，我覺得哈維恩和小淺在就夠了。」

「放屁！」暴躁小女孩直接豎起中指。「我伊麗莎能做的事情他們才做不到！」

例如嗆我嗎？

說眞的我還眞不明白殊那律恩要讓我帶上這個暴躁小孩的用意。

感覺上有小陰影戰力就已經夠強了，多帶這個不是反而會生事和高調曝光嗎？

「誰愛跟你啊，我才不想去無聊的人類世界，我被下了禁咒不能把那些軟爛的人一隻隻折斷骨頭很無聊的！要不是有人拜託我，誰管你這種小屁孩的死活！被追殺還不乾脆一點毀滅世界，優柔寡斷的廢渣！」伊麗莎很凶惡地低罵道：「你都不知道獄界現在有多刺激，出去掃蕩一圈都可以殺得很開心，結果被派來保護你這小屁孩，嘖！」

「如果準備好就可以出發了。」安安靜靜的小陰影完全無視各種暴跳的同伴，就是淡淡地往對方身上掃一眼：「別忘記妳的誓言。」

就這麼一句，暴躁小女孩馬上閉嘴，消音了。

看來也是個有故事的鬼娃娃。

黑色走道在小淺身邊打開，熟悉的穩定力量感迎面而來，我深深吸了口氣，不斷給自己暗示，無論回到原世界看到什麼都別再被煽動，一定要冷靜，全副精神地去抵抗將來的風暴。

已經換上一身普通人襯衫的哈維恩隱約散發擔心的氣息，雖然他隱藏得很好，但我現在好像對黑色力量變化的感覺靈敏很多，相當輕易便察覺到，不過沒有說破。

最終，當熟悉的家門口出現在我面前時，我還是忍不住突如其來的鼻酸。

有那麼一剎那，我根本舉不起手去打開這扇已經開了十幾年的門。

現在的我知道門後面的人並不是眞實的老媽，但卻又是眞實照顧我十多年的老媽，每天都在替我們洗衣煮飯，睡過頭就會來房間把我打醒，一天到晚都追著我碎碎唸個沒完，那個平常有時候會覺得煩煩的老媽。

我吸了一下鼻子，抹抹眼睛。

伊麗莎仰頭瞪了我一眼，我猜她大概想說沒用的娘娘腔之類的，只是礙於小淺在旁邊不敢開口。

再次深呼吸之後，我再不猶豫地直接拿出鑰匙打開大門。

一股香味迎面而來。

熟悉的滷肉味。

※

「誰聞到香味回來了啊？」

媽媽的聲音從房子裡傳來。

就這麼一句話，我好不容易建立起來的壁壘差點瞬間崩潰。

然後那道身影從廚房方向走來，漸漸清晰了起來，就像平常一般在灶台前關了小火，放下湯勺，邊擦著手邊走出來應門，看看是誰的熟悉動作。

在我開口之前，「她」一臉驚喜地走過來，有些歲月痕跡的漂亮臉孔靠近我，還是那麼熟悉的氣味，接著突然伸手往我耳朵扭過來。「漾漾你們學校今天放假啊？你咧臭小鬼平常都不回家！問小玥說啥你在打工，打工就不用回家嗎！猴死嬰仔！」

沒反應過來，耳朵一個痛，我反射性回答：「對啦今天放假……我回來看看……我同學在啦……」

老媽果然立刻放開手，「你同學？」她向哈維恩點點頭，接著看著下面兩個小女孩，懷疑地挑起眉。

「他妹妹。」我直接讓黑小雞升等當大哥。

「你媽媽外國人嗎？」老媽很懷疑地看著完全不像的一雙小女娃。「不同國的那種？」

「……是。」哈維恩咬牙點頭，感覺他點得很憋屈。

「老媽妳在煮什麼？老姊在家嗎？」我們都不在時，老媽應該不會特別耗精神燉煮才對，這味道都香到外面來了，感覺是有客人來花工夫在煮東西。

冥玥現在應該在本家才對。

——是誰！

「沒啊，你另一個同學前兩天跑來，說他來找親戚……」

老媽的話還沒說完，我直接看了哈維恩一眼，後者立刻擋在我媽面前，我越過老媽快速往家裡衝。

沒有感覺到黑色力量，也沒有感覺到殺意或特別明顯的白色力量，但是客廳有午後連續劇的聲音傳來，竟然還是《包青天》的片頭曲！

我踏著「王朝和馬漢在身邊」的節奏直接衝進客廳，黑色小飛碟同時在我身邊散開，老頭公的結界也立時建立，所有防禦和攻擊準備在短暫幾秒完成。

原本待在客廳裡的人也幾乎眨眼瞬間和我有一樣的動作，整個人翻起身，像是獵豹蓄勢待發地差點撲出來。

我們兩個在看清楚彼此之後，立刻煞住差點甩出去的殺招。

「你怎麼在我家！」

「大膽刁民！本府准你回家了嗎！」

……

就不該讓他看《包青天》。

看著七彩頭髮的假包青天，我原本極爲緊張的情緒整個轉爲哭笑不得。

「漾～本大爺不是說過，不准你有殺氣嗎？」

收回爪子的五色雞頭瞇起眼睛，上下打量了我幾秒，語氣有點不太好。「你爲什麼回家，你不知道這裡是陷阱嗎？」

「你爲什麼在我家？你不知道這裡是陷阱嗎？」我邊收回小飛碟，邊把問題丟回給根本不應該出現的五色雞頭，我們兩個裡面，他才是最不應該冒出來在我家的人。

背景音，電視上的柴小王爺正在張狂應對著審問。

隱隱的，我嗅到了血腥的味道。

「……你受傷了？」我看著竟然搭著一件薄外套的五色雞頭，突然感覺不對勁。別說是夏天，冬天都沒看過這傢伙還搭外套的，通常都是穿著短襯衫夾腳拖一陣風地到處亂跑，怎麼會突然規規矩矩地穿外套，連拉鍊都拉上了。

雖然外套還是很讓人不予置評的超閃亮金龍霸體款。

「啥鬼！本府還用得著你擔心嗎！你快滾回去你現在的地方！」五色雞頭從椅子上跳下

來，語氣還是很不友善。

「你哪裡受傷我看看！」我直接走過去，抓住那件金龍霸體。

那個世界的藥非常有效，絕對不可能讓五色雞頭帶傷蹲在這裡看連續劇，他到底是受什麼傷，連我都能發現？

「滾！大膽刁民！大爺准你亂摸了嗎，要知道性騷擾是會判斬立決的！」五色雞頭甩開我的手跳開，整個就是不肯給我摸他外套一下。

背景音的柴小王爺開始在羞辱官府人員了。

我走過去直接把電視給關掉。

「今天完結篇！阻攔別人看結局會有報應！」五色雞頭暴跳了。

「結局就是他最後被雷劈死了！」這都劈得家喻戶曉了。

「我靠！看戲不能劇透是常識你知不知道！本府還沒看到後面！」

不能劇透是不是常識我不知道，但是現在把五色雞頭打趴按在地上剝衣服的心情我倒是很清楚。

他到底在我家幹了什麼？

五色雞頭衝過來要開電視，我直接抓住他要脫外套，不過忌憚他可能傷勢不輕不敢用力，然後吵死人的臭雞阻止我脫外套又要搶開電視，但可能怕砸到電視也不敢用力；我們兩個就這樣在電視前面七手八腳，沒有武力值地扭打起來。

這場可笑的小隔時日見面活動，就在我老媽飛來兩隻拖鞋，一人甩了一個鞋底在後腦勺上宣告結束。

然後在老媽的瞪視、黑小雞無可奈何、小淺一臉得道成佛與世事無關、伊麗莎滿臉你們全體都智障之下，五色雞頭還是把他的完結篇給看完了。

壞人最後洋洋得意狂笑著出了官府，被雷給劈死。

結案。

第六話　當全世界都想你死的話

因爲太久沒回家，老媽拉著我們，又下廚做了一頓大餐把每個人都餵飽後，才放行讓我們自己玩自己的。

我把哈維恩和一雙小女孩留在客廳陪我媽聊天……雖然我也不知道他們要怎麼聊，總之就拽著五色雞頭先回房間，完全迴避黑小雞哀怨的目光。

「你什麼時候來我家的？」按下火氣，我看著一屁股往我床上一坐的五色雞，突然發現他的肢體動作相當放鬆，這種熟悉度至少在我家也住了好幾天，住得這裡都變成他的安逸區。

「本府才想問你，消失那麼久到底跑哪去了？僕人的僕人也跟著蒸發，鬼族大軍壓境這種熱鬧你們也沒來湊，眞的被那些智障獵殺隊給嚇得跑路嗎。」五色雞頭盤起腳，半瞇起眼睛，一臉我有罪一樣地開口：「你家附近超多陷阱的，大爺拆了不少，不用謝。」

看向窗外，我異常清楚地看見屋外有層層術法保護著整棟房屋，有學長之前架設的，帶著一些隱約特殊精靈力量；有冥玥和然製作的，帶著我熟悉的血緣力量；還有穿插在裡頭、沒有引起碰撞還很和諧調整一切的白色術法，雖然沒有明顯表示是誰的手法，但我猜得出來是誰。

這些術法一直保護著這裡不被外來者入侵。

我從回到家中這一刻起，已經注意到外頭有許多不友善的敵意逼近，只是他們找不到確切的位置，像烏鴉群般在各處徘徊，久久不散。

「是他們把你打傷的嗎。」嗅著空氣裡傳來的那些惡意，我慢慢回過頭，看著愣了一下的五色雞，複雜的心情交織成某種說不出的酸澀滋味。「對不起。」

「嗄……嗄？說什麼對不起！」五色雞從床上跳起來，一臉莫名其妙，而且好像有點生氣了，整個人都豎起來，只差沒對我齜牙。「大爺有說你對不起我嗎？又不是你的錯，你要是捲款逃跑還泡了本大爺的女人，你才該道歉吧！」

「你也沒有女人好嗎。」我斜眼看著眼前的傢伙，默默想著他這次這麼彩色跑來我家，老媽居然沒有大驚小怪，人類的承受能力果然很強啊。

我們兩個就這樣大眼瞪小眼了幾分鐘，五色雞才嘖了聲，心不甘、情不願地把那件金龍霸體外套脫掉，先露出的是底下的花襯衫，背後還莫名寫著「唯我獨尊」，配上好像很詩意的奇妙水墨畫。

不過我的視線不在水墨畫上，而是五色雞露出來的手臂和領口處，都有著繃帶包紮，我剛剛嗅到的些許血腥味就是從那裡傳來。不是一般人流血的血腥味，而是某種力量感造成的特殊氣味，所以我才會感覺到。

「漾～你的敵人越來越有趣了啊。」五色雞瞇起眼睛，「黑術師？」

「你沒事吧？我叫哈維恩上來。」

意識到傷勢可能比我想像的還嚴重，我皺起眉要去喊樓下的專業人員，立刻就被五色雞頭攔住，受傷的傢伙還露出我怎麼一臉少見多怪的白眼表情。

「老三有配藥給我，有啥好擔心的。」五色雞頭嘖了聲。「你還沒回答剛剛本府的問題，本府會依照你的案情，考慮要拉出去三十大板還是秋後處決。」

這處置的跨幅也太大了一點！

我思考了一下，讓老頭公設好結界，然後走到書桌邊拉出椅子，慢慢地把這些日子以來發生的事情一點一點地告訴五色雞頭，不過略掉了關於老媽和黑火淵那些部分。

有些事情其實不想說得太明白，但是在我回家看到五色雞頭這一刻開始，我突然覺得扣除比較私人性質的事情之外，似乎也沒什麼特別須要隱瞞他的了。

難得沒有打斷我也沒有蹦跳吵鬧，五色雞頭就這樣發揮超常的耐心坐回床邊，安安靜靜地讓我慢慢把事情說完，中途聽到重柳族消息時有皺眉但是也沒有吭聲。

大致上說完後，我們沉默了有好一會兒，因為平常五色雞都很吵，所以我反而有點不太習慣他這種若有所思的反應，感覺像是被湖水女神給換了一個金色優雅雞頭似的。

隱隱約約，我在沉默中聽見外頭傳來迎神隊伍的聲響，不知道今天是初幾了，前段時間整個渾渾噩噩都沒有注意外界，現在猛然一聽，竟然有種恍如隔世的異樣感。

果然這裡的人什麼也不知道，即使外面充滿各種險惡埋伏，他們還是如同平常一樣生活。

不久之前，我也是這樣子呢。

「本大爺就覺得不太對勁，本來嘛，想說你大概又捲入什麼怪事情了，大爺的情報人員一直傳回來奇怪的消息，說啥你殺人了，根本抹黑。你這傢伙要是敢殺人，早就被掛在午門前示眾了，因爲你根本不會毀屍滅跡。」五色雞頭有點不以爲然給了我他的結論。

欸不，其實在外人眼裡看起來我搞不好是有毀屍滅跡的。

我勾了勾唇角，有點苦笑地垂下肩膀，在這人誇張的言詞下，我防備周遭的心都無力了。

「所以，你也不要再捲進來了，如果你們再出事我都不知道該怎麼辦了，我……」

「本大爺像是怕會出事的人嗎！人在江湖飄，沒事插兩刀，不敢捱刀的就別出來混好嗎。」五色雞頭抬起手制止住我的煩惱，嘖了一聲，豪氣萬千地一拍胸膛，接著又罵罵咧咧：

「你說那衣服，不就是前幾天大爺在拆陷阱時被一群變態小人剝的嗎！」

五色雞頭一講到這事情就非常憤怒。

之後他描述了一下我離開那些日子所發生的事情。

我們離開後，不管是哪個世界都異常不安定，比我原先預想的還要紛亂不少。

就如同在冰牙與殊那律恩那邊聽來的消息一樣，各大種族的重點城市都遇到襲擊。因爲有收到預警，所以在防備襲擊的同時也加派了部隊前往比較邊陲的小村莊，果然救下了大量差點遭到毒手的村子。

「那些謠傳說你殺了重柳的人潛逃，本府就想到一些沒江湖道義的卑鄙仔最喜歡去威脅老弱婦孺，所以直接來你家，本來想接你媽去我家住一陣子，結果臭老頭不知道又在發什麼瘋要把老子弄回去，就乾脆先住在這邊等你回來。」五色雞頭說著咧了個得逞的笑，貌似對於自己的各種決定取得的大勝利讓他滿驕傲的。「反正你這僕人不管去哪裡，總會回家吧！」

「……」

我這時候的表情可能有點複雜，不過五色雞頭好像眼睛有問題沒看見一樣，抓抓臉頰自顧自地繼續說下去。

來到我家之後，五色雞頭用了一個我聽起來覺得很離奇但是老媽竟然接受的理由在這裡短住一段時間——他老子和姑丈、大姨媽集體出車禍，所以現在全家人包括親戚亂七八糟地守在醫院，幾個家庭超級混亂，因爲他不擅長照顧人，突然想到我家就在附近，所以上門求同學媽媽讓自己寄宿一段時間，會自己墊餐費。

「……我媽居然沒把你趕出去啊？你去住旅館不就好了嗎還包餐！」我白了根本有錢到爆炸的某殺手一眼，然後思考著他殺手老子外加親戚知道自己「集體出車禍」之後會有什麼感想。這梗根本是從很多連續劇裡面拼出來的吧！

重點是老媽竟然還接受這個說詞？

「阿姨覺得大爺我很可憐，還說不收寄宿費。」五色雞頭很認眞地回答我。「本來想說住你房間就好，結果還勞煩阿姨收拾客房。」

很好，這隻雞竟然還是白吃白住。

「不過我有去買菜啦。」五色雞頭補了一句。「本大爺就是利用這些時間去解決外面靠太近的混帳傢伙。」

根據五色雞頭的描述，從我殺了時間種族的謠言傳出的那天開始，我家這一帶基本上都被各方勢力給監控了，不管哪方都派出了探子迅速紮根，活像這裡是個黃金地段。然而因爲早些年然和冥玥所在的妖師一族早就在社區動過手腳，讓我家變得比較不容易被察覺，後期不經意被鬼族和重柳發現後，學長等人包括重柳都重新加固過我家四周的守護，還設下了某些過濾法術，竟然硬生生讓這些威脅沒踏進來一步。

「公會也有派人來監控保護你媽和一些可能是你以前朋友的傢伙們，好像有人花大錢保阿姨與那些人的命。」五色雞頭嘖了聲，摳著手指，動作很不雅地半躺蹺腳。「本大爺的家族也有收到一大堆要買你們性命的委託，但是之前本大爺早就說過你是我的僕人，誰也不准動，所以羅耶伊亞家族暫時沒人敢收單子，其他殺手家族如果收了也是和大爺過不去。」

「暫時，也就是很可能還是有人會收對吧。」我想起之前在旅行時發生過的事情。畢竟和我有交情的其實也就五色雞頭和六羅他們，整個殺手家族……不，可能他們地下的黑色世界遲早會有大批人吃下這些單，前來要我們的命。

我不由得覺得有點好笑，這種好像聽到黑色笑話的感覺幾乎快壓過正常的我應該要產生的恐懼，然後像是根黑色的芽，悄然無聲慢慢地從心中某處生長出來，一點一滴讓我感受到。

「呵……等到全世界都要我死的話……」

「想啥呢！」五色雞頭蹦起身往我頭上拍了一下，力道不重。然後頂著七彩腦袋的傢伙用一種我從來沒見過的慎重眼神盯著我。「本大爺說過，你就是大爺的僕人，打狗也要看主人，有人敢打你，本大爺就去誅他九族。」

「當全世界都想你死的話，本大爺就跟你站在一起，去反殺全世界，那一定超好玩的！」

※

我有很長一段時間，不知道該怎麼回應五色雞頭的話。

西瑞．羅耶伊亞在這個時間點、這個地方，像是開玩笑一樣地到來，像是搞笑般的話讓我腦袋空白了好幾秒，一字一句都花了很大的工夫才消化理解。

他不是第一次說著類似這樣的玩笑，不管是殺人搶劫還是砍人全家的事情他都說過，但是他這次講得卻異常認真。

「本大爺啊，也不是忘恩負義的小人，雖然幹殺手很多年，宰掉的人也不少，不過知恩圖報還是會寫的。老四的事情我們還欠你人情，臭老頭他們不敢認，我和老三絕對不會忘記。」西瑞環著手，微微瞇起眼睛，窗外透進來的下午微光打在他臉上，裝飾出凜然的效果。「本大爺的衣服怎麼被搶的可以告訴你，就是和獵殺隊的混帳打了一架，他們一直想找到你，又想對你媽動手，大爺我看不下去把他們的腦袋打爆，受傷之後才被陰險的黑術師偷襲。」

說著，他拉開外套、扯開衣襟，草率的包紮沒覆蓋所有傷處，可以看見黑色毒傷張牙舞爪地拉出猙獰的黑色絲線，散布在他的胸口和腹部，微弱地散發血腥味。「黑毒咒，老三會解，過兩天就會痊癒，根本不上檯面，我們殺手用過的毒多了去，這種東西本大爺才不怕，呸！」

「你對獵殺隊動手了？」震驚的同時，我只來得及捕捉到這句。

「嗄？爲啥不能動手，大爺想殺誰就殺誰，看他不順眼就幹他！本大爺是殺手，殺人時誰在跟你講道理。」西瑞咧開凶狠的笑容，噬血的紅光從他眼底閃過。「漾～你傻了嗎，本大爺從一開始就不是什麼白色種族的善良小夥伴啊。」

……

……

也對，他好像從一開始就是惡名昭彰的殺手集團。

從小就會在禮物盒裡面跳出來割人頭那種。

「你眞的很……」我垂下肩膀和頭，無力地摀住臉，找不到形容詞說他。「眞的很……」

「眞的很棒對吧！你要去哪裡找本大爺這種好朋友！」

得意洋洋的聲音從我頭上飄過來，不用抬頭都可以想像得出這傢伙尾巴都快翹起來了。

……

等等。

我猛地抬起頭。

「九瀾先生也在這裡？」他說他和老三，黑色仙人掌也來了？

「喔，走了三天了，老三去銜接空間。」西瑞抄過床邊的面紙盒砸在我臉上，若無其事地說：「老三說啥有些東西要清理清理，剛好另一邊的人也回來了，可以把路接上去，幫你們省事點。」

「什麼路？」

我猛然起身，還沒反應過來空氣中急速逼近的惡意，就先聽見樓下傳來一陣巨響，我反射性衝出房間，幾乎連滾帶爬地跌撞衝進客廳，看見哈維恩抱起已失去意識的「老媽」這一幕。

金髮的鬼娃娃女孩早就不見了，黑髮的小淺雙手交疊在胸前，飄浮在客廳正中央。

原本應該播放連續劇的電視螢幕上閃爍跳動著黑色的雪花畫面，幾個扭曲的影子在其中拉扯著，像是有各種不明來源的電波想要從線路擠進那狹小的盒子當中。

客廳的電燈忽明忽滅，發出了細小的劈啪聲。

我可以感覺到原本鎮守在我們家、甚至是社區的保護術法，正緩緩被剝開，有什麼一點一滴地撕扯著那一層層善意的保護膜，要掏出裡面血淋淋的內臟。

地面開始震動。

然而，完全聽不見左鄰右舍的聲音，平常就算是個小地震，也總還是有幾戶會衝出來站到大街上，算是那很久以前的大地震對於中部人留下來的刻骨影響。

現在，那種普通人類會有的騷動聲一點也聽不到，而且外頭整條街道異常安靜，彷彿只剩下我們這一戶有聲音，聲響來源還是來自於正在嘎嘎嘎嘎不斷傳出怪響的電視。

「褚冥漾。」

細小的聲音從電視喇叭裡傳出來，像是開玩笑一樣地輕喊。

「你不要跑了，跑不掉的。」

飄浮在房中的小淺猛然睜開眼睛，電視啪的聲整個跳電，螢幕直接轉黑。

小女孩慢慢轉過頭，「你母親由我照顧，深給了唯有『我們』才能使用的黑色遮蔽，請不用擔心生命問題。」

哈維恩有點不太確定地看著我，我點點頭，他只好依照小淺的指示，把老媽放到小女孩下方的陰影當中，然後我們就這樣目送老媽慢慢地沉入黑暗裡，氣息眞的就這樣完全消失，好像從來沒有存在過一樣。

才剛安置完，某種聲音從半開的落地窗外傳來。

那是一道好像拖著鎖鍊、很常出現在某些鬼片裡的聲音，先是一個聲音從遙遠的地方傳來，接著是對面的住宅，我們隔壁鄰居的房子……天色不知什麼時候暗下來了，街道上的路燈並沒有打開，周圍很快陷入深夜，黃昏被直接跳過，這些不自然都快習以爲常了。

鬼族？黑術師？

還是白色種族？

變得沉重的空氣混雜著奇怪的力量感，不論是黑或白都有，好像原本潛伏在周圍的勢力終於可以肆無忌憚地探出頭，慢慢朝我們這邊蜿蜒而來。

「這是空間……」

我抬起手，打斷哈維恩想解釋的話。「我知道。」

這是空間術法。

我們很可能被搬到不同的空間了，能做到這種事情的，黑色那邊有裂川王和百塵黑術師一黨，白色這邊可能就是重柳族帶頭的獵殺隊。現在兩方人馬都在附近，邪惡的力量對我來說如此明顯，光明的惡意也難以忽視……以前居然都沒發現這些啊，真是太嫩了我。

一隻手掌拍在我肩膀上，我回過頭，看見西瑞站在身後。

「老三說，這麼多蟲子想辦法到處打洞，不如把他們全部接在一起，讓他們碰一次頭相愛相殺看看。」西瑞模仿了下黑色仙人掌那種有點陰森的語氣，接著加上他自己的評語：「要本大爺說，最好先讓他們鬥蠱一樣，我們可以躲起來放冷槍。」

「說是切換了空間，他們馬上就會進來嗎？」我聽著外面的鎖鍊聲，雖然越來越多，不過沒有馬上衝進來，這點讓我覺得很奇怪。走到客廳另一邊，我從半掩的窗戶看見圍牆外有個黑黑的東西，看不出來是什麼，感覺很像拉長的人體……似乎在哪邊看過，鎖鍊的聲音就是從這玩意身上傳來，慢悠悠地經過我家圍牆外頭。

「不，基本的守護結界還在，有惡意的存在暫時還無法確認我們的位置，他們應該是切割了整片社區並轉換空間，將不相干的人類排除在外。」哈維恩盯著那黑影直到消失在我們視線當中，才收回目光。「現在正在進行搜索，一時半刻闖不進來。」

「鄰居他們呢？」再怎樣，那也是相處十幾年的左鄰右舍，有時候我媽不在，隔壁的阿姨接到消息也會跑來送我去醫院或是來學校看看狀況，我並不想牽連到這些正常人。

「這附近沒有普通人類的力量與氣味，白色種族在發現不對勁時理應會將他們第一時間送走。」夜妖精停頓了下，有點不甘不願地幫白色那邊解釋。「這是六界對等『大世界守護條約』，白色種族一定會遵守，否則世界意識會發生嚴重扭曲。」

「那是什……算了，有空再問你們。」聽見鄰居應該沒事我放心不少，至於他們一堆世界規定以後再慢慢一個個問就好。「既然我們被隔離，現在的狀況就是他們要幹什麼都行吧？」

「沒錯，你最近腦袋變好了啊。」西瑞直接往我背後一拍，「反過來我們也可以大屠殺他們，反正現在這是三不管地帶。」

圍牆外喀噹一聲，有個黑色東西停在那裡，猛一看我還沒看出來那是什麼，直到那個大腦袋從牆外動作僵硬地頂進大半個時，我才有點啼笑皆非地發現這居然是個神偶，廟會出巡那種大頭神偶，臉上還有很應景的裂痕，從那裡透出血腥的顏色和氣味。

現在是走鬼片風格嗎？

我抬起手，槍口瞄準那顆大腦袋，細細感受那個鬼偶傳來的力量感。

黑色力量，比我還弱。

「滾吧。」

鬼偶猛然一震，直接倒飛往後摔出去，在死寂的街道上發出巨大的噪音。

事到如今才想玩恐怖片的驚嚇心靈系列嗎？

笑死人了。

街道上讓人聽起來超不舒服的聲音變多了。

我搓著右手手指，上面有顆黑色小珠子，剛剛直接射出去打鬼偶的就是這東西。

之前看到重柳的珠子時我突然想到，如果透過米納斯和魔龍的力量壓縮，應該也可以做出類似的東西，所以剛剛試做了下，直接填充在槍裡往鬼偶腦袋打了一發。摔出去的鬼偶力量完全潰散，被那發子彈打得凝聚不起來，就這樣在看不見的圍牆後灰飛煙滅了。

小飛碟在我身邊繞出來，發出嗡嗡聲響。

「漾~你小玩具又變多了啊。」西瑞抓住其中一架小飛碟，有點好奇地翻看。

「臭小鬼，放開你的爪子，不然本尊把它剁了燉湯喝。」飛碟噴了句，魔龍的身影直接轉出來，相當不客氣地鄙視獸王族。

「本大爺僕人的僕人講話還敢放肆了，下去當好你的兵器！」西瑞完全沒有打算尊重幾萬歲的長輩，超沒禮貌地槓回去。

「臭小……」

「別吵。」打斷兩個吵死人系列的傢伙們，我轉頭看向從頭到尾都很安靜的小淺，既然她目前還是陰影的分身，我猜鬼王應該有所交代。「『那邊』有特別要讓我們做什麼或者不能做什麼嗎？」

黑髮小女孩看過來，臉上沒任何表情，淡然地開口：「『他』讓你們從異狀開始之後，找點事情做，最慢兩個小時內你們就可以『幹點大事』了。」

幹什麼大事？

剛離開獄界時鬼王啥都沒說啊？

不知道爲什麼，我眼皮跳了幾下，總覺得這事情很可能和跑掉的黑色仙人掌有什麼關聯。還有要我們自己找點事情做是怎樣？眼前這狀況怎麼看都像是被圍殺吧？

我已經開始感覺到黑色的邪惡從外圍包覆過來，沿著鬼偶消失的地點，像老鼠發現食物一樣竊喜著跑過來；而敵對的白色力量則依然潛伏著觀望，想要在決定的時間來個必殺一擊。

「你如果不知道要做什麼，可以去睡一覺。」小淺提出個讓我一臉問號的建議。「你在獄界用了很多力量，沒有完善地休息，繼續這樣下去會透支。『他』特別吩咐，如果你沒想幹點什麼，就去瞇一下。」

我現在很好奇下這個指令的到底是鬼王還是陰影了，爲什麼聽起來這麼奇怪？誰家大敵當前還叫人去睡覺的？

「你休息吧。」哈維恩走到我面前，關上窗戶，細心地將窗簾拉起來，不讓我再看外面的煩心東西。「前面的全都是雜碎，不要分心在上面，這些障礙我會幫你除掉，你只要專心等待陷阱到來即可。」

「大爺當然不會讓僕人被欺負，這些垃圾東西連熱鬧都不會辦，搞個破玩意就想來抄襲本大爺嗎。」西瑞甩出獸爪，說了一堆我完全不知道意思的話。「等等本大爺讓你瞧瞧什麼才叫作眞的熱鬧！」

一直飄在一邊的魔龍翻翻白眼，好像懶得評價現在的狀況。「弱雞，不用管他們，外面那堆根本殺不死這兩傢伙，快滾去閉一下眼睛。」

大敵當前，現在所有人都勸我去睡覺，畫風好像哪裡不對啊。

不過越多人催促，我還眞的越覺得腦門陣陣作痛，不知道是眞的累還是有其他影響，莫名暈眩了起來。

對了，伊麗莎呢？

金髮的鬼娃娃女孩不見了。

我在閉上眼睛、整個人猛地失去重心往後倒下時，只想到這件事情。

還有米納斯……

失重的墜落感並沒有持續很久。

再次睜開眼睛後，我一點也不意外看見四周是完全純黑色的空間。

「就說你快用到透支了。」

回過頭，魔龍那囂張的身形出現在我面前。「弱雞，適當的休息也是訓練的一環。」

「喔，所以你們在夢裡把我弄醒也叫適當的休息嗎。」夢境空間，太熟悉了，我想了一下，旁邊就出現和我家同款的沙發，我直接坐下，看他們還要搞什麼鬼。

「本來是想叫你冥想，哪知道你這個廢渣直接睡死過去，你身體不行啊，疲勞壓過精神自動斷電，之後要加強鍛鍊身體。」魔龍活像個什麼健身教練一樣嘖嘖了兩聲：「還有飲食要改善，本尊檢查過你整個狀況，簡直一團糟，你乾脆還有點便祕了。」

「……」誰能在獄界安心地天天大便你告訴我？

「之後本尊會幫你開三餐列表，先強化你的身體再說，眞是的，沒看過這麼廢的體能。」

魔龍繼續嫌棄了幾句，直到水花在我身邊翻出，他立刻閉上老人般的碎碎唸之嘴。

「我將外界意識連繫過來了。」米納斯看了眼魔龍，也沒做什麼，就是在我面前轉動了下手指，水霧與微光在黑暗中飛舞交織，我們四周迅速拉出一幅幅與外界相應的同步投影。

接著，另一道嬌小身影跟隨著米納斯旁側浮現出來。

好的，之前是夢連結，現在乾脆都直接進到我本人夢裡面來了，簡直跟交誼廳沒兩樣。

「鬼王正在進行對接連結，還需要一點時間。」

一反在外的冷漠，走進夢中的小淺黑色的眼睛裡閃過一絲流光，居然看起來好像有點擔憂的樣子。「如果是平常，不用這麼久……你們得再等一會兒。」

這小女孩慢慢地開始與深不同，我不知道這算不算是「自我意識」，至少她現在看起來並沒有陰影本體那麼難接近，反而還偷偷瞄了魔龍與米納斯一眼，展露出有些天真的好奇。

「『那邊』發生什麼事情了嗎？」我想了一想，覺得她的說法有點奇怪。

平常不用那麼久？

所以現在不算是平常嗎……啊，也是，現在殊那律恩的領地還在被裂川王進攻。

不過為什麼要挑在現在對接連結？要對接什麼東西？

剛剛西瑞好像也說了黑色仙人掌要去銜接空間，他們要做的事情是一樣的嗎？挑在我可能會回來的這時間、這地方？

是約好的或者是各方自己的行為？

我現在開始覺得，其實他們都已經料準了我絕對會回家一趟，所以正在以我家為中心，各方面動起手腳。

到底是有多少人在這裡設陷阱？獵捕的是我？還是邪惡勢力？或是白色種族？

「『他』要親自過來嗎？」我看著小淺，我曉得她懂我在問誰。

意外地，小淺搖搖頭，微微低下小巧的腦袋。「不行，所以伊麗莎來了，『他』的狀況沒有你們想像的那麼好，如果不是這樣，深不會切割出我，也不會讓伊麗莎重新降臨到這世界，『她們』原本已經被庇護了。」

所以那個鬼娃娃到底是什麼來頭？

我以爲就像是殊那律恩之前記憶裡那些收集來的詛咒邪靈之一，搞不好和其他人一樣還有個奇特編號。

然而小淺似乎沒有打算詳細講解所有事情，她抬起頭再次收起臉上的表情，擺出中規中矩的立正姿勢，「總之，請安心等待。」

反正不管安不安心，你們就是要我等啊。

我嘖了聲，轉過頭去看米納斯連繫進來的畫面。不得不說，簡直無碼高解析，哈維恩他們可能還是不太願意讓我看見他們大開殺戒的畫面，但在這上頭完全可以看得一清二楚。

米納斯悄然地在我心中傳了聲音，她讓水珠附著到其他人身上，執行著我要她嘗試跟監的指令，看來她做得很好，都可以實況轉播了。

畫面上的哈維恩與西瑞早就離開我家，兩人走的路線基本上不同，也各自遇到不同批人。

西瑞那邊還好，堵他路的是大群怪異人偶，除了剛才被我崩掉的鬼偶之外，還有不少類似的大頭鬼偶，被他拆得七零八碎，然後在那些堆疊得像小山高的鬼偶盡頭，是好幾個穿著黑色斗篷的鬼族。

看起來不像百塵牌黑術士，似乎也不是其他牌子，他們後頭還站著好幾個高大的鬼偶，吊掛在慘白臉上的鮮紅色舌頭不斷滴著血，好像眞的剛吃過人一樣，身體擺動時，上面裝飾的鈴鐺發出讓人感到不安的聲響。

「傀儡師。」魔龍蹲在旁邊，看電影一樣摳著下巴，就差沒拿包爆米花開吃。「本尊就說不用擔心，這種東西，你那蠢蛋朋友的本體也不是好惹的貨色，連原形都不用就可以把那些傢伙打成智障了，你要擔心的是另外那個。」

順著看過去，我猛地心中一冷。

另外一邊，長巷中哈維恩遇上的……是白色種族的獵殺隊。

約莫五、六人，領首的穿著該死熟悉的服裝打扮，身邊民宅圍牆上，還有一隻該死的紅眼蜘蛛。

重柳族！

我猛然站起身，夢境開始顫動。

「坐下。」

魔龍冰冷的聲音傳來，直接強迫性地穩住夢中世界。「你以爲你休息的這些時間是誰爭取來的，你外在素質不好，體質和精神力不成正比，再這樣下去會過度崩潰，你眞覺得所有人沒事叫你閒著睡覺嗎，給本尊滾回來坐好，好好看著你調節身體的時間是怎麼來的。」

我用力握緊拳頭，咬牙與希克斯對瞪了幾秒，最終憤恨地坐回沙發，甩頭去死盯著獵殺隊那邊的畫面。

即使遇上獵殺隊，哈維恩也沒有退縮的神色。

應該說，夜妖精反而露出不屑的表情。

「走狗，你的主人呢。」

獵殺隊的人呸了聲，看垃圾一樣的態度對著夜妖精。「交出妖師，讓你死得痛快一點，卑微的黑色種族，只配滾去角落做一團垃圾、爛泥，連曝曬在陽光下的價值都沒有。」

「是嗎。」哈維恩的話一說完，整個人瞬間消失在幽暗巷子當中。

我突然想起來，夜妖精原本就是行走在黑影當中的種族，哈維恩跟在我身邊這段時間以來，已經很少刻意在我面前藏起，所以我都快習慣他的身影，現在猛地回憶起以前應對夜妖精時的畫面。

黑夜般的身影眨眼瞬閃出現時，剛剛那名說話很難聽的獵殺隊突然摀住自己的嘴巴，血液猛然從他的指縫噴濺，其他獵殺隊立即擺出攻擊架勢，然而黑影早就消失在他們身邊。

哈維恩再次出現時，已站在不遠的圍牆頂端，高高在上地俯瞰獵殺隊，手上拿著的東西隨手往旁一扔，帶著少量血珠掉進不知誰家院子裡。然後他冷傲地勾起唇角，點滿的嘲諷技能全開。「不會說人話就不用留著舌頭。」說著，他緩緩抽出腰後的彎刀，黑色流光自刀鋒散出。

「就讓你們這些自以爲是的神經病，見識見識何謂沉默森林精銳武士，洗好嘴準備連牙齒都丟掉吧。」

第七話　誰的陷阱？

黑色的長巷中，連街燈都沒有被打開。

所謂的照明，是在這裡的各種狩獵者弄出來的，微暗的幽光勉強可以照亮腳下的路，如同冥府幽火，一點也不明亮，只足夠讓人看見周遭物事。

然而這種環境對於夜妖精而言，卻幾乎是最有利不過的戰場。

哈維恩俯瞰著下方的獵殺隊，臉上一點表情也沒有，渾身散發著深沉殺意，就像最開始我遇見他時一樣，排拒所有一切白色種族，厭惡任何在光下行走的生物，帶著狠戾冰冷，準備抹煞眼前所見敵手。

「聽說，你們一直在欺壓我的主人？」夜妖精將刀尖指向底下的人，即使對方人手較多，他還是一點畏懼也沒有，連語氣都還帶著囂狂的興師問罪。

「你這垃圾就和妖師一族從世界上蒸發好了。」領首的獵殺隊重柳冰冷地回應。

並沒有暴怒，哈維恩勾起淡淡的冷笑。「要蒸發的是誰還不知道，在我眼裡看起來你們就和被禿鷹眷顧的腐爛屍體沒兩樣。不過，現在既然只有我們，我倒是有點事情想要問問你們這些人。」

「……」重柳族瞇起赤色的眼睛。

「你們有和黑術師共謀嗎？」

夜妖精的質疑一出口，獵殺隊明顯火大動怒了起來。「你說什麼！」

「一個黑色種族竟然口出狂言！」

「竟然敢誣衊我們！」

「殺了他！」

雙方一言不合，撞在一起幾乎是直接爆炸，哈維恩眨眼消失在黑暗當中，獵殺隊則是訓練有素地擺開陣勢，光明圖騰在地上、圍牆上布開各種陣法結界。

雖然很不想這麼說，但我的確非常擔心哈維恩這場會吃虧，畢竟重柳族不是好惹的，還帶著一支小隊。

總有點忍不住想要出去幫忙。

正當我思考著能做什麼時，那邊的街巷突然又出變化。

獵殺隊停下動作，全身緊繃如臨大敵，與剛才輕視哈維恩的態度截然相反；同時，原本黑暗的街道路燈閃爍了幾下，發出了劈里劈里的聲響，竟然就這樣點亮了起來，帶著幽藍的陰冷光芒從長巷另外一端如同某種生物快步爬來，直接掃過眾人頭頂，深入到末端。

接著，不知道是哪戶人家的電視機被打開，過大的音量挾帶著搞笑節目的哈哈嬉鬧聲，像炸彈一樣直接在黑暗中爆開。

空氣中開始了竊竊私語。

白色種族呢……

剛剛就是他們把我們的飯菜弄走了吧……

嘻嘻嘻嘻……

那就拿他們來代替飯菜吧……

隨著這些話語，一個接著一個的黑影在圍牆上站起，有高有矮、有胖有瘦，看不出原本的面貌，就這樣烏漆墨黑地對著獵殺隊咧出血色口子，傳出了綜藝節目那種荒唐到無法理解的詭異笑聲。

不知道爲什麼，我覺得這些黑色的東西好像和鬼族的畫風又不太一樣，自帶驚悚感，而且還在彼此交談……

「是幽靈。」

我轉過頭，一旁的米納斯開口：「這些是你們原本世界存在的幽靈，應該是被切割到這個空間之後，因為瀰漫的黑暗帶給它們力量，於是開始凝聚自己的形體並具現出來。」

那不就真的是「鬼」了嗎！

街頭巷尾、家家戶戶，各種客廳、寢室等的燈光此起彼落閃爍，電視、電腦音響音效紛雜，越來越多「鬼」出現在幽暗的圍牆兩側，老老少少、國語台語的交談窸窸窣窣，血色的口子大大小小張縮著。

而那些白色種族……不曉得是不是我看錯，他們竟然出現了一絲緊張感。

「因為這是不能殺的『鬼』。」米納斯再次為我解答。「靈魂不是極惡，也並非邪惡存在，它們還未前往冥府，依舊逗留在生前世界，這在六界中隨處可見，所以白色種族不敢隨意誅殺這些存在，對他們而言，靈魂與活人無異。」

喔也是啦，萬一這裡面有很多是別人供奉在家裡的祖先，那殺下去就糟糕了。

他們在切割空間時怎麼就沒想過會把別人的公媽一起給請過來。

如果我是「原住民」，被這些莫名其妙的人搞過來，我也會不爽到作祟的。

另一邊，西瑞顯然也遇到相同狀況，不過他的情形卻是反過來，冒出來的幽靈整個追著傀儡師和鬼偶打，而且這些幽靈有的居然還出現人的樣子，有老有少，以老人家居多，整個群起民憤，街道上電鍋、石頭、磚塊、碗公亂飛，全都砸在邪惡種族腦袋上。

不只傀儡師，連我都看得一臉問號。

「怕厚系！厚系！」

「嘎拎鄒罵勒！跨電視跨到幾半嘎拎杯斷電！」

「吼系啦！」

西瑞蹲在圍牆上，看著下方的幽靈之怒，不忘幫忙答腔幾句：「對！就是這些人！今天的午後劇場都不能開播了！吼系！」

……

……？

你在我家看連續劇看到已經結交到別人家的祖先去了？

好、好喔，我該說本土劇的力量眞偉大嗎？

幽靈的騷動平息得很快。

再怎麼說，它們也只是被牽連過來的幽靈，即使數量多，也沒有超越火星人的強大力量。

所以沒多久，獵殺隊那邊祭出了安撫亡者並加以鎮壓的術法，就把黑影的圍繞逐漸驅散。而西瑞那邊的傀儡師則是打算大舉滅殺鄉土靈魂黨，被西瑞攔下，鄉民魂一哄而散，趕緊潛入黑暗深處躲起來，才不會被打得永世不得超生。

鬧劇過後，場面又重回危險對峙。

不過這場喧鬧似乎也引來了不少東西，幽靈離開後，他們陸陸續續又被零散的敵手圍上。西瑞那邊出現零星獵殺隊，然而似乎沒有重柳族在裡頭，三方彼此快速牽制了起來。而重柳族那邊同樣有幾名鬼族包圍上，看起來像是高階鬼族，但也不到鬼王高手或貴族那種程度，可能就是領著隊伍的鬼族小隊隊長之類的。

於是本來就是敵人的雙方一觸即發，場面立時混亂。

我盯著畫面看了半晌覺得不太對，「……他們也在等什麼嗎？」

不論是白色種族或是鬼族，目前爲止看到的其實都不算是特別厲害的強者，可以說感覺只像是探子一樣的存在吧？所以西瑞和哈維恩的應對才會看起來那麼輕鬆，連幽靈都跟著出來鬧一波。

「與我們一樣。」小淺張開手，幾個投影畫面上多了東西，是不少密密麻麻的陣法咒文，有明顯看起來屬於白色種族的，也有充斥著邪惡的黑色法術，黑色的社區混雜著亂七八糟、彼此相互排拒的各種術法與根本不是人類的入侵者們。「在等待陷阱啓動之時。」

所以說，到底有多少陷阱？

想抓我的估計就是獵殺隊和黑暗同盟這幾個，不過針對妖師一族前來的有多少還眞的無法估算。

我還有多久可以回到現實？

「沒意外的話從現在開始進入銜接期，你還可以再休息個半小時左右吧。」魔龍斜了我一眼。「本尊再教你一些術法，等等出去不要丟臉了，你……」

「我可以問你關於黑火淵的事情嗎？」看來現在其他人並沒有立即上的危險，深敢讓小淺來保護老媽應該也有其把握。我想了想，果然還是滿介意這件事情的。

「你不是問過小鬼王了？」魔龍挑起眉。「怎麼，不信他？」

「不，我只是覺得你是正牌的妖魔，說不定會知道更多事情。」我當然百分之百相信殊那律恩。也說不上來爲什麼，從一開始就沒有懷疑過他們，畢竟是學長的親人，感覺可以不用擔心。「還是你在當妖魔時啥也不知道啊？」

「弱雞，再怎麼說我都是長輩，你覺得對小鬼的激將法用在本尊身上會有用嗎？」魔龍微瞇起眼睛盯著我，語氣帶了些許不要把他當笨蛋的意味。

其實偶爾還是有用的，不過這次看來沒用就是。

「算了，你想問什麼？」妖魔抬起下巴，顯示他大人有大量，讓我想問就問。然而我還沒問出口，他就又重新開口：「等等，你對世界脈絡有概念嗎？」

「大致上知道，是世界力量，由特定種族守護管理。」來來去去幾次，我多少也有點常識了好嗎。

「那你知道算是哪種世界力量嗎？」

「……」

「算了，本尊就知道你搞不清楚。」魔龍嘖了聲，轉頭去看外界畫面。在哈維恩那邊，因爲遭到鬼族與黑術士襲擊，所以獵殺隊不得不放棄搜索藏在陰暗中的夜妖精，轉而先對付更爲棘手的邪惡敵人。

米納斯的水珠還在，由此可知哈維恩並沒有走遠，就近看著衝突。

另一方的西瑞也是差不多情況，不過他並沒有狠到放白色種族去死，偶爾還是會出手幫一下其實不是很領情的幾名妖精，原先似乎本來就可以處理這場面的傀儡師開始發出召喚友伴的訊號，不少細碎的惡意逐漸逼近，有的則是在遠方看戲一般觀望。

當所有人都有心拖延時間的時候，這些衝突就變成小鬧劇，你咬不死我，我也咬不死你，小孩揪頭髮打架般沒完沒了。

「世界脈絡對應整個世界的生命核心，類似你們人類的血管神經。脈絡越多、種類越複雜的地方就表示力量越大，妖靈界雖然有五條，不過過半都是相近的黑暗力量，所以妖靈界待久了看起來就很單調，沒啥意思。」妖魔環起手，在講學上發揮了超乎平常的耐心。「神界也差不多狀況，只有自由世界的脈絡最多，而且沒一條是重複的，每一條都提供足以孕育千百種族的強大生命力，所以自古以來才會成爲最大的戰爭地。」

我點點頭，表示明白。

這就和資源戰爭很像了，既然這裡是最多脈絡的地方，當然每個勢力都想要分一杯羹；這也難怪幾百世紀以來戰爭都打不完。

「你是不是想問有沒有辦法可以像當時那個傻蛋天使一樣，做出黑火淵的解藥？」

魔龍投回來的疑問立刻觸動我的反應，我連忙點頭，確實就是想知道這件事情。所有人都認爲天使製造出解藥幾乎只是碰巧的事情，然而眞的會這麼剛好嗎？

這麼剛好地被魔王帶走，剛好地想不開帶著聖物投入黑火淵並產生解藥，再剛好地被竊走、破壞、吞食，連一滴都不剩，接著又剛好地發生了戰爭，致使許多人走向悲劇。

如果是以前我應該會相信真的很剛好，但是現在的我已經不敢信了。

「你記得之前關於解藥的建議嗎？」魔龍看我點頭之後，才又繼續開口：「本尊並沒有在和你開玩笑。就像人類會用毒物製作血清一樣，傻蛋天使和他的聖物很可能是在黑火淵裡造成某種刺激，碰巧做出了像是血清的結果，不過這種事情沒辦法多次實驗，根本沒人知道下一個有沒有用。」

「如果有用呢？」是不是就很多人可以得救？

「那你就去逮個天使把他和聖物塞進黑火淵啊。」魔龍嗤笑了聲。

「不不，我的意思是，如果力量碰撞能製造出血清，這件事情是有用的呢。」我連忙修正剛剛有點心急沒講清楚的話。「雖然我來你們這個世界沒有很久，不過這裡的人都很強調力量與力量對衝造成的結果，所以如果是天使和他的聖物所擁有的力量，可以在黑火淵裡面強撞出類似解藥的東西，是不是很有可能，可以找類似力量的人對黑火淵進行衝擊，搞不好就這樣做出新的解藥？」

魔龍這次並沒有馬上接話，反而是若有所思地看了我片刻，莫名其妙說了句：「果然是忘月那邊的人，蠢歸蠢，偶爾還是有想法的。」

「所以說，那是誰啊？」我完全沒聽過這名字……或姓啊！

「千眾忘月啊，三萬年前的黑火聖靈大祭司，你不會連你們祖先的名字都不知道吧？」魔龍一點都沒在意我好像被雷打到的表情。「本尊都知道這人了，還交過手，你一個妖師後代不會說啥都不知道吧？妖師一族腦袋都是傻的嗎？」

「……你……搞錯了吧，我是妖師本家的血脈。」我頓了頓，雖然是在自己的夢裡，但不知道爲什麼感覺雞皮疙瘩整個豎了起來，打自內心感到莫名其妙的異常不自在，好像有什麼深鎖的隱私突然被發現，可是又說不上爲什麼會有這種怪異感。

「嗯？本尊應該不會搞錯啊，你身上、你那首領血親身上都有類似的味道，妖師一族就算有三支也會通婚吧，而且本源都一樣，所有的種族都是由一展爲百，有啥好吃驚的？」這次換成魔龍不解了，「大驚小怪什麼？」

他這麼說也沒錯。

妖師最早也是從少發展至多，所以起源肯定都相同，這麼一想眞的是我反應過度了，最近發生太多事情，搞得我一聽到哪邊不對就整個人緊張起來，眞要命。

「還有，眞要說的話應該是另……」

魔龍的話還沒說完，外界突然傳來異常巨大的轟然聲響，就好像有個炸彈在遠處不明位置爆裂了，震波透過夢境傳遞到我們這裡，周圍人們陷入死寂的沉默。

爆炸持續了三分多鐘，轟響中心的四周又開始傳出較小的爆炸聲，連串震盪讓不安滿溢了出來，對外視窗還一度短暫失去畫面，由此可知外頭情勢多麼嚴峻。

於是魔龍抓住我的肩膀，表情凝重。

「少廢話，現在開始吧，腦袋湊過來。」

※

那天的空間變動進行了好一段時間。

從妖師並沒有死絕這件事曝光開始，我家周邊的監視者其實早就超乎我想像之外地多——畢竟妖師本家的座標被封鎖，唯一曝光的只有在學院中的我。雖然檯面上有許多勢力在盡量地壓掉消息，但檯面下早就傳得如火如荼，機靈一點、又強大的種族，都已經設下不少棋子在附近探索，並建立連接通道。

然而他們始終沒有找到我家的正確位置，不知道我家被多少人保護著，就算那些刺探者跟隨了郵差、鄰居，或是其他到我家的人們，總是有種種原因不得其門而入，不然就是一眨眼，帶領者就在他們面前消失。

即使跟在我母親買菜的路線上，也無法很準確地探索到老媽的位置。

也就是說，從以前到現在，唯一一個眞正摸到我們身邊並確實觸碰到「老媽」的人，只有那名重柳。

爲什麼呢？

這個疑惑，也是在很久很久之後，我才得到解答。

空氣整個都在震顫。

第一條空間走道打進來時，貫穿在我以前常去的那家便利商店正上方，因爲有我曾經來往的殘留足跡，那邊被他們「預設」爲定點。

裂縫中，傳出腐朽的氣味，鬼王高手從上方俯瞰陷入黑暗的社區，帶著血的黑色裙襬拉出了鐵鏽色的長道，引來了藏於後背的妖魔惡鬼，大量恐怖氣息從天空壓下，原本喧鬧的街道瞬間安靜沉寂。

熟悉的邪惡力量鋪天蓋地襲來。

街道上，不知從哪被放出的數隻食魂死靈一同發出慟哭的悲鳴嚎叫，毛骨悚然的聲音由四面八方逐漸轉大，編織出極詭異的交響合唱，像一張網把原本四散的白色種族逼迫至群聚點。

這不是針對妖師的陷阱嗎？

食魂死靈乍然出現與出現的數量，讓潛伏的白色種族不禁竊竊私語起來。

他們潛伏在此處，準備等到確認妖師一族眞正藏身之地後斬草除根，好讓善良的普通人們不用遭到邪惡的迫害。

但是黑暗帶來的卻不是一般伏擊該有的兵力。

這根本是針對所有在場白色種族，並發動一場大型戰爭的布置。

然而第二條空間走道橫跨到黃昏市場所在方位的上方時，鬼族那邊明顯也騷動了起來，雖然沒有鬼族混著妖魔那般張狂，不過從走道裡出來幾支以重柳族爲首的獵殺隊時，強烈的血腥氣味立刻被撕開了一道裂縫，輸入乾淨空氣。

這到底是給誰的陷阱？

我站在陽台上，感受著越來越壁壘分明的兩方力量。

「弱雞，不會怕得不敢動吧。」

魔龍和米納斯分別站在我兩側，老頭公的結界穩穩地籠罩著我家。

雖然是住了十多年的熟悉房子，不過眼下四周環境加上氣氛完全改變，竟然讓人十分陌生，好像這裡根本不是我熟知的那個家，而是個塑膠殼子般拙劣的仿製品。

「我如果不怕才有鬼好嗎。」白了魔龍一眼，我盡量記住那些力量感的特別之處，並梳理各方不同的分派。「不過不至於不敢動啦。」

「那就好。你母親有那個小女孩保護是不會有問題的，她的實力很強，問題在你身上，這裡有大半的東西都是因爲你才來的，消滅對方都只是順手，所以他們很快就會衝破外面的結界層，『眞正』來到你面前，你準備好看到各路妖魔鬼怪了嗎。」

魔龍如此說著的同時，我聽見陽台邊上發出輕微聲響，不知什麼時候回到我家外面的哈維恩輕輕落在陽台一側，而西瑞則是站在圍牆上，兩人看起來都沒受到什麼傷，像只是出去隨便打一架逛逛街的感覺。

「當然沒有準備好。」

誰能夠準備好這些事情？

就算是千年前那些待在頂端的存在們至今都還留有遺憾，所以怎麼有辦法準備好面對這些動輒影響一生的威脅？

其實我曾經想過，是不是只要我死了就可以結束這一切？

不再莫名其妙擔上原罪，因爲我沒做過的事或我可能會引動的事情，被人指著鼻子痛罵、追殺？

妖師一族不能說無辜，被迫害是事實，然而像凡斯那樣一念之差協助戰爭、成爲主力，殺害了無數生命也是事實。

這些歷史上殺與被殺累積下來的罪孽與因果，永遠不可能在短時間中被化解，最終我在尋求妖師被迫害的眞相時，必定會有受害的無辜種族前來找我們償命。

那是不是我死了就不用再被這些事情煩擾？不用去思考爲什麼我得受到這些罪，必須要替根本沒做過的事情還債？走到哪裡都得回憶一次我的那些祖祖輩輩又是在哪害了人、被人害？

在獄界時，伴隨著帶著血的空氣，我曾經想過，說不定我去死就好了。

只要往自己頭上開一槍，很多事情就能解決，最起碼死去的人不用再承擔這些痛苦。

然而……

爲什麼我必須因爲這些事情結束自己的生命？

明明我那麼努力活著，從以前到現在，裝瘋賣傻也好，被人瞧不起當作笨蛋也好，倒楣得天天進醫院都好，我眞的想要活下去。

我卻因爲這些事情不能活下去嗎？

這到底，算什麼道理？

伊多曾經爲了保護那個沒用的我差點喪失性命，學長也因爲我死了一次……很多人因爲我而面臨危險，最後重柳因我遭到自己最親近的族人痛下殺手……如果我很隨便地死了，是不是就愧對他們的用心，即使能再見到他們也無法抬起頭。

我眞的無法理解。

如果現在是白色世界所謂光明又正義的年代。

那發生的這一切到底算什麼？

對於沒有做錯的人，白色世界給予的合法斷頭台嗎？

地面開始發出震動。

固守在我們街道周圍的舊結界逐漸被人一層一層剝開，破碎的法術力量發出細小的悲鳴，震波傳入房子裡，像是警告般，在小院子四周浮現了暗紅色的光點。

原本一直以人類形體大殺四方的西瑞，體型慢慢出現變化，巨大的爪子拍入柏油路面時，散發著威壓的鷹獅帶著凶狠的目光對向裂開的結界破洞。從那邊，我也感受到相對的狠戾殺意毫不保留地滲透進來，像是利刃不斷切割著一層又一層的守護。

先是然與冥玥十多年來用心架構的一切，接著是學長與其他人之後細心的雕琢，以及後來跟隨在我身後出入的那人，合併，以及讓所有術法融為一體，眞正完成了銅牆鐵壁。

這道牆，現在正被破壞得如同篩子一樣，處處漏洞不斷顯露。

最終，第一名侵入者準確無誤來到我們面前。

帶著那雙藍眼睛。

※

重柳死後，其實有一陣子我不太敢回想起他先前活蹦亂跳時的模樣。

然而這名同樣蓋頭蓋尾、全身包緊的重柳族降臨在我面前時，我還是下意識把那兩雙顏色相近的眼睛做了對比。

可能是被記憶美化過的因素，我總覺得那名重柳的眼睛更藍、更加純粹，雖然大多時候沒什麼感情，卻還是讓人覺得很漂亮。

眼前的重柳族即使有著同樣的藍眼，滿溢的殺戮卻完全覆蓋掉那好看的色彩，讓人覺得那根本就是嗜血的顏色。

「你是他的誰？」我環起手，看著站在對面鄰居家陽台上的重柳族，冷冷地勾起唇角。

「交出族人之魂，骯髒的黑暗根本不配觸碰。」重柳族沒有回答我的話，揮出刀刃直接指向我，他邊上快有嬰兒車大小的藍眼蜘蛛正在發出怪異的聲響。

也就在這一刻我才發現，重柳族和蜘蛛身上散發著一樣的力量。重柳族力量內斂難以看出深淺，蜘蛛則反而可以感覺到好像有一層厚厚的什麼藏在身體裡，並且雙方有所連結。

但這種連結感我似乎沒在重柳身上感覺過，也有可能是當時我弱到不行所以壓根沒發現。

總之，我看著對方，回答那句很不客氣的話：「你們還覺得他是你們的族人嗎？」

「與你無關。」冰冷的聲音毫不意外地甩過來。

「與我無關就不要找我問人，你們自己做了什麼你們心知肚明，我還沒厲害到可以在你們這些偉大的世界種族手下搶人吧。」我瞥了一眼出現在重柳族附近的其他白色種族，一字排開，完全不遮掩對我的赤裸敵意，不知爲啥，居然有點滑稽。「我弱到你們隨隨便便就可以弄死我，連我認識的人都保不住呢。結果偉大的各位來找我問人，會不會太好笑了點？」

「你！」一名白色種族動了一步，直接被鷹獅吼了聲。他似乎對西瑞的本體有點忌憚，微微皺起眉，居然沒再往前。

「難道我會比你們強嗎？」

「你確實很弱。」

回答我的不是那些會跳針的獵殺隊，而是從上方壓下來的黑暗氣息。

我抬頭一看，不意外看見了張熟面孔，熟得我都想笑了，原來在這短短時間裡我還眞看過不少妖魔鬼怪。

當時在學院圍堵我們的那兩名黑術士兄妹從高空中背著手走下來。「你根本對抗不了這些白色混帳，還是乖乖來到我們黑暗同盟，才是你唯一的生路。」

整齊劃一的黑術士在他們背後一字排開，保鏢一般與獵殺隊針鋒相對。

「哼，垃圾果然和垃圾勾結在一起。」剛剛被西瑞吠的獵殺隊冷嘲熱諷地說道：「你們骨子裡面的卑劣都一樣的，還不在受死之前快點將我們的人交出來！」

「白色的狗叫聲怎麼這麼難聽。」黑術士笑了起來，聲音很陰險。

接在那種不懷好意的笑聲之後，腐朽又邪惡、伴隨著深淵般的絕望氣息開始靠近我們。完整的守護結界崩潰後，連食魂死靈都聽從黑術師的召喚，肆無忌憚地在街頭遊走，朝我們所在位置靠近。

所有在這邊的白色種族全都警戒起來，甚至散出一絲恐懼氣息。

西瑞與哈維恩也全身緊繃，兩人各自注視著充滿血腥、一左一右爬進來的巨大腐爛又沉重的身軀。大量扭曲哀嚎的人臉掛滿肥胖的肉體，一顆一顆的肉瘤隨著爬行而擺盪著，時不時撞在左右房舍與圍牆上，留下帶著劇毒的黑色血液和不明液體，對這些東西來說太過脆弱的磚瓦石迅速遭到腐蝕，冒出一絲絲黑色毒霧。

我可以感覺到全身都快被冷汗濕透，額頭一陣抽痛，有點頭昏眼花。

「妖師是我們的，再敢靠近一步，就當這些東西的飼料吧。」黑術士們張狂的笑聲像是巴掌一樣搧在那些真的會怕食魂死靈的白色種族臉上。

就算當年的二王子早就研究出分解食魂死靈的方法，白色種族還是打從骨子裡害怕這銘刻在他們靈魂中的悲哀生物。

「不過，就算你們不靠近，你們也還是食物。」

黑術士充滿惡意的指令一響起，底下兩隻食魂死靈用與沉重身體完全不相符的矯健速度瞬間出現在獵殺隊面前。那名藍眼睛的重柳族也不是吃素的，眨眼剎那直接在所有人面前張開防禦，幾乎有一台小卡車大小的食魂死靈重重撞上防護，發出恐怖的聲音，就好像卡車撞破牆壁一樣，連重柳族的防禦結界都被撞得裂開一條縫。

第二隻食魂死靈也跟著衝撞上去，強悍的力道衝擊結界術法，接著從它們腹部咧開的黑色嘴巴與身上那些無數猙獰人臉嘴中，發出詛咒一樣的嚎叫悲泣，獵殺隊中很顯然有人受不了那些哀嚎，立即摀上耳朵。

在他們沒看見的屋頂上，第三隻食魂死靈壓上了頂樓水塔，將上頭的支架完全壓彎，彈起的鐵條打破肉瘤，爆出大量濃稠毒水。

重柳族與獵殺隊同時加強防護術法時，那隻特別大的食魂死靈已跳起來，眼看就能砸穿白色種族的抵抗。

這時誰也沒預料到接下來發生的事情——

在黑術士囂張的謾罵笑聲中，食魂死靈的目標不是壓垮獵殺隊，而是往上一跳，在比較年長的男性黑術士猝不及防下，咧開背脊上黑色帶著利齒的巨嘴，一口咬碎黑術士的下半身。

突變來得極快，連周圍的黑術士群都沒有在第一時間反應過來。

我鬆開緊握的拳頭，踉蹌一步，米納斯隨即攙著我。

鼻子與喉嚨都湧上了溫熱的腥甜味，隨手一抹鼻，直接抹了一手血。

「呵……」

這是誰的陷阱？

在夢境中，魔龍抓住我的肩膀。

少廢話，現在開始吧，腦袋湊過來——

本尊教你怎麼控制食魂死靈，幹死他們！

第八話　休假的袍級

「你教的方法有夠爛。」

我捏著鼻子，覺得鼻血完全止不住，整個手都快濕糊糊的，米納斯的力量很快介入，才勉強讓失控的鼻血停下來，不然我覺得我今天可能會因爲鼻子大失血直接休克死掉，然後就會傳出妖師一族敗於鼻血，怎麼想都覺得很不對勁。

「你才有夠爛，爛妖師，弱雞，連個陷阱都做得七零八落。」魔龍直接噴回來。「本尊當年搶這些鬼東西不花吹灰之力，到你手上才搶一隻就好像搶得快要心臟病發作升天一樣，你要不要直接在這裡跳下去以死謝罪算了。」

「你想想你是什麼東西，再想想我是什麼東西好嗎？」

「本尊才不是東西！」

「喔對，你不是東西。」怎麼有這麼好坑的妖魔？

「你！臭人形生物！」魔龍立刻發現遭坑，整個炸毛。

想多回槓兩句，眼前卻突然一黑，哈維恩一把抓住我的臉，難得一見的慌張神色完全沒遮掩住，竟然還透出隱隱的恐懼。

「你沒事嗎？」夜妖精連忙幫我把臉弄乾淨，並且服務到家地幫我拿乾淨衣物過來替換。不過他拿來的是很符合他本人審美觀的黑色襯衫，也不知道哪裡翻出來的，我平常穿的那些T恤完全被忽略。

我還來不及說點什麼，哈維恩又把手搭在我頭上，立刻有一股力量灌進來，撫平因爲勾引食魂死靈引起的劇烈頭痛，接著他轉向魔龍發出抗議：「請不要隨便教我的主人危險事物，萬一弄死他該怎麼辦。」

「嗄？他有這麼弱嗎？」

我看哈維恩應該是費了好大的力氣才吞回那個「有」字，於是決定假裝沒聽見他們兩個的爭論，抓緊時間讓腦袋再稍微休息一下。

魔龍教給我的方法是「投射命令」。

與精靈的溝通不一樣，找到我想控制的那隻食魂死靈時，魔龍輔助我在那幾千萬個死靈當中捕捉到核心「本體」，然後將妖師的力量通過魔龍的增幅球擴大後再壓縮，把我想給它的唯一指令灌入其中，最後在食魂死靈爬上屋頂那瞬間，將壓縮力量子彈般貫穿食魂死靈，讓它在短暫幾秒內回應我的命令並採取行動。

一點都不容易，但以連結溝通的方式立刻就會被獵殺隊或黑術師看穿，我還沒有能力可以完全避開他們，只能採取這種手段。

「該死的東西！」女黑術士短暫錯愕後，已錯失了搶救的機會，食魂死靈兩口就把黑術士呑進肚裡，然後才沉重地落地，炸開一地毒水膿瘡。

我穿上哈維恩第二次幫我拿來的黑色薄外套，藉以遮掩有點顫抖的身體，並做出好整以暇的表情看向屋外那群驚愕盯著我看的目光。「雖然我們還沒搞懂你們某些人爲什麼咒不死，不過被食魂死靈呑掉應該也不會很舒服，如果你們要繼續找我麻煩，我就再調動第二隻、第三隻……反正你們不管是哪一方，都想逼我豁出去了，不是嗎。」

其實眞相是我連下面這隻搞不好都很難再繼續控制了，我現在全身有點脫力，米納斯和魔龍設下了屏障層層包裹著我，老頭公釋出更多的結界，哈維恩在我面前橫著彎刀，而西瑞踩在圍牆邊，準備弄死進犯者。

這些包裝或許會讓其他人搞不清楚我的現況，但是我很清楚自己的狀況，現在根本不知道可以擋多久，如果給我幾秒鬆懈，我大概會立刻脫力趴到地上站不起來。

地面上那隻食魂死靈不斷嚼動背上的嘴，從裡頭發出恐怖的骨骼碎裂聲，我一點也不想知道那張嘴裡的畫面。

「你別再繼續邪惡的所作所爲了。」冰冷的聲音從對面傳來，重柳族不知甩了什麼法術，一口氣震飛兩隻食魂死靈，把它們用法術短暫固定在撞擊的街道上，一時之間無法動彈。「只會加深罪孽。」

「那你就說說我還有哪些罪孽吧。」看了眼邊上的時鐘，我思考著剩下的時間還有多少。「歡迎，我自己也很想知道，反正你們應該可以編出好幾套書，順便再讓我毀滅世界也行。」

「你……！」重柳族的聲音抹上怒氣。

「白色的雜碎還想審判我們黑色弟兄嗎。」女黑術士很快收起被食魂死靈襲擊的憤怒，也沒有對那隻在嚼她同伴的死靈出手。「褚冥漾，你也別在那邊裝強了，我們彼此都知道你是什麼角色，白色種族眞正的殺戮部隊很快就會到了，愛惜生命的話就跟我們來吧，黑暗才是你的歸處。」

指針喀的聲往前走了一步。

我聽見雙方的空間走道中傳來巨大力量移動的聲音，黑色那邊的有點熟悉，挾帶著碾過鬼族的各種嚎叫。

所以她從燄之谷離開了？

抓住旁邊飛舞的小飛碟，我握緊可以增幅力量的幻武兵器，深深吸了口氣，再次看向兩派人馬。「你們想都別想，今天我哪邊都不去，你們想弄死我，我也會想辦法弄死你們！」

「無藥可救！」

這回答立刻引爆重柳族的怒火，他直接揮刀闖入院子，結界震盪不已，差點就被他一次撞出洞來。

西瑞也同時反應過來，直接與重柳族對衝，一爪子甩到刀鋒前，兩股力量互碰，硬生生彈開彼此。

「本大爺在，你們別想闖進來。」西瑞的巨大本體半張著翅膀，發出強大威脅。「不然不用等到秋後，現在就一巴掌拍死你們全部！」

「羅耶伊亞家族也要墮落腐敗嗎！」

「干你屁事！大爺要搬到開封府還得跟你報備嗎！」鷹獅張大了嘴，衝著對方一個咆哮。

「！……？」

這對話有點跳痛了，我猜重柳族大概一時沒對上電波，不知該回答什麼所以愣了一下，八成還死了一堆腦細胞在思考那句話是什麼意思。

「一群刁民！還不快給本府退下！」鷹獅發出震天啼嘯，類似聲波的東西直接把那名重柳族給炸退好幾步，四散飛舞亂颷的風刃狂亂飛甩，不只黑術士小隊被捲入攻擊，其他白色獵殺隊也全部無差別捱了好幾發看不見的利刃，一時之間場面稍微混亂。

沒看過西瑞用本體進行這種攻擊，我反而出現了一點新鮮感。

明明就很強，搞不懂他幹嘛一直堅持用人形。

「欸，西瑞小弟，不要隨便破壞街道啊。」

咆哮波才剛停，我們左上方就出現了其他熟悉聲音。

我往前兩步，探出陽台，看見屋邊電線桿上站著一身黑色大衣的人，並不是我所知的公會黑袍，而是整身純黑的半敞衣飾，同樣夜一般的長髮還被殘餘的音波掀得四散飛舞，揮出鐮刀上的骷髏不斷發出陰森的笑聲，恐怖感十足，瞬間讓人錯認成畫本上那種收割人命的死神。

……不，他其實根本就是到處在收割器官的死神，不是錯認。

鷹獅扭過頭，嘖了一句：「臭老三！你遲到了三分鐘，二十大板！」

死神般的黑衣青年手搭在額頭上，隨興地往後撥開自己過長的劉海，露出那張與六羅極爲相似的蒼白臉孔。「叫三哥，沒禮貌的小孩。」

不知爲何，九瀾的出現讓原本還在看戲的女黑術士變了臉色，好像看見什麼不該出現在這邊的東西。

「你們應該知道精靈幾千年前就已經研究出分解食魂死靈的方法了吧。」九瀾盯著下方的食魂死靈，露出了好像看見D罩杯大美女的垂涎表情。「這禮物豐盛到讓人有點心臟病發啊，得在公會還沒跑來前先都拖走。」

「嗄？拖啥，他們應該還有很多啊，你又塞不下那麼多隻。」西瑞嘖了聲，用巨大本體對好像在看美味豬肉一樣的九瀾翻白眼。

「人生也太美好了，如果以後抓不到這麼多食魂死靈怎麼辦。」九瀾的聲音瞬間變得有點感傷，連四周飛散的頭髮看起來都跟著有些空寂。「西瑞小弟，你還是多跟你朋友到處闖禍好了，我也想要魔神乾屍之類的東西，下半輩子的幸福就看你們了。」

聽著九瀾的話，我有點啼笑皆非，讓白色種族聞風喪膽的東西到了九瀾嘴裡好像就變成了玩具，完全都不可怕了……我反而覺得這人還比較可怕一點，竟然想要抓走食魂死靈。

「黑袍中的異端，你也想背棄正義與黑暗同行嗎？」重柳族瞇起眼睛。

「不不，如果我是黑袍，那對付這些東西是我應該做的事情，如果我是藍袍，那分解這些東西也是我該做的事情；至於今天我穿這樣嘛……」九瀾拍拍衣領、勾起嘴角，陰森森地笑了下。「表示我是在個人時間，喜歡怎麼來就怎麼來，有意見去跟公會投訴，有多大鬧多大，最好解除我的職責，我就不用一天到晚教那些愚蠢的新進人員和學生怎麼探索屍體的美好了！哈哈哈哈哈！」

九瀾在說後面那段話時根本整個人都快樂到變形了，我深深覺得如果投訴公會解除掉他的袍級職責，這人可能會變成一級變態殺人魔，還是無聲無息直接把目標物榨乾成人皮不留痕跡那種，簡直就像放出籠的恐怖野獸。

所以無論如何，他應該都不可能被解除袍級，更何況他本人在醫療方面能力之卓越有目共睹，還是半個鳳凰族。

「好了，閒聊說完了，既然我家小弟都願意拿內臟當交換條件了，那我這個當哥哥的就要回應他的希望。」九瀾微微偏過頭，他身後的鐮刀骷髏突然停止笑聲，一縷看不清樣貌的黑色形體在他身後慢慢浮現。「不管你們是男人還是女人，打架不可以在普通平民區打是常識，你們是想全體都被以破壞世界協定直接處置嗎。」

「通通給我滾下去。」

※

空間在那瞬間扭曲了下。

我沒想過九瀾居然會空間術法，如果他會分解食魂死靈我倒不太意外，畢竟是公會黑袍兼醫療班、還是首領的左右手，數千年前二王子研究的分解方法他們必定也有一份；但是能夠啟動這麼大範圍的空間術法就讓我很吃驚了，他看起來完全不像這方面的好手。

然而還沒想出個所以然，四周環境已劇烈搖晃，數秒之後，另一種黑色天空覆蓋了原先街道的天際，荒涼的景色取代我熟悉的社區。

大量巨石堆浮現在我們面前。

猛一看還以爲是什麼亂石區，不過當陰冷的寒光點亮周圍時，才發現這是一大片巨石遺跡，我們落下的位置地勢較高，約在一整片山脈的山腰處，所以可以很完整地看清楚下方逐漸亮起的情勢。

從我們這座山高聳的山頂開始，一直往山下延伸出去，俯瞰到的黑暗土地全是巨石遺跡，包括更後方隱約可以看見的幾座高低山陵，都散布著這種遺跡，可以推測曾經住在這裡的巨型種族有多麼繁榮。

「這裡是……」

還沒問完，我看見那些遠處或近處的遺跡掉出各式各樣白色、黑色種族，還有鬼族和黑術士等等……非常沒有規則地到處亂掉，有的分散得很開，有的直接摔在一起，然後便直接小規模開戰起來。

那兩條空間走道也被扭進這片巨石土地上方，一邊正不斷掉落大量鬼族，像是一大堆砂礫從空中被倒出，畫面相當驚人；相較於白色種族那條，好人區看起來空虛許多，只下來幾名獵殺隊，很快投入了砍殺鬼族的狂暴行列當中。

「這裡是哪裡？」捕捉到附近幾名低階鬼族的意識，我直接讓他們向後轉，遠離我們所在的區域，隨便找個同族撲過去，不要來打擾這邊。

「巨人島。」

九瀾給我一個不知道該不該算是廢話的答案。

邊上的西瑞縮回原本的人身，讓我們幾個在這種地方看起來顯得相當小，加上老頭公和哈維恩等人快速布下的結界，氣息被周遭遺跡殘留的力量掩蓋，一時之間居然真的沒有找麻煩的人靠過來。

「休整一下，其他人也要過來了。」九瀾摸摸我的頭，一甩手，鐮刀在空氣中消散。

「誰？」聽到這句話，我雞皮疙瘩都豎起來，眼皮跳了好幾下，有種極不祥的感覺。

「做這個大型扭轉陣的其他人啊，你們該不會以爲光憑我一個人可以做到把兩條空間走道一起轉換位置這件事情吧。」九瀾把臉上長頭髮夾好，露出那張好看的臉，帶著抹邪氣的長眼瞟了我一眼。「原來我在你心中這麼偉大嗎，眞感動。」

然而我剛剛才疑惑過你怎麼會這種術法呢。

「你在另一邊查到黑火淵是怎麼回事了嗎。」

黑袍醫療班的話一冒出來，我立刻警戒起來。「你怎麼知道？」

「你以爲每個人都像你一樣獨來獨往嗎。」九瀾似笑非笑地聳聳肩，「『放假』的袍級可不是只有我一個。」

巨大的白色陣法在黑暗的天空中展開，像是太陽一般。

那些扭打在一起的鬼族與獵殺隊不約而同抬起頭，看向光源處，比較低階的鬼族似乎感受到法陣當中帶有的威壓，以此爲中心點，大量雜魚快速散開。

精靈陣法。

「有食魂死靈往這裡來了。」

不知何時靠近我們的小淺浮現身影，抬頭像是被吸引般看著天空法陣，很快又收回目光。

「在你們朋友到來前，最好先處置那隻死靈，就在牆後。」

其實不用小淺特地開口，我身邊的其他人已經完全進入迎戰狀態，九瀾重新揮出鐮刀，西瑞握住了自己的獸爪，而哈維恩用彎刀護在我前方。

「妳沒辦法像『他』一樣分解嗎？」我看著小淺，想起鬼王記憶中，陰影有辦法瞬間把一整隻食魂死靈拆解掉。

「我的力量小很多，而且會動用到黑色的部分，在這充滿白色種族與獵殺隊的地方，如果被察覺就不好了。」小淺委婉表示無法進行開掛，「但我可以輔助各位快速拆解。」

「那東西交給我們兩個吧。」九瀾再次露出對食魂死靈極度垂涎的表情，露骨地表示出不要和他搶的渴望，「趁其他人還沒發現，先弄走一隻再說。」

就在醫療班說著這話的同時，腐敗絕望的氣息直接從我們後方高聳的巨石牆上撲出來，大概有半個教室大的扭曲生物從上方往我們位置砸下。

哈維恩護住我的頭，眨眼我們已轉移至另一面石牆上。

轟的聲在地上炸出黑色濃稠的肉瘤毒液，長得像某種肥大紫黑色毛毛蟲的食魂死靈慢慢收縮有點長的臃腫身體，無數扭曲人臉散布在「蟲」的各個位置，不斷發出詛咒與哀嚎，還看得見的口鼻湧出毒水、呼出毒氣，很快地在「蟲」的身邊擴散成一層黑色毒霧。

小淺張開手，那些毒霧打著旋，居然就這樣往左右被排散開，再次露出蟲體。

我在這時聽見了無數絕望悲哀又憎恨整個世界的意念，像幾百萬根針一樣迅速鑽進腦袋，爭先恐後地想覆蓋我的意識。

閉上眼，用力吸一口氣，我在心裡帶著米納斯和魔龍的輔助，再次打開些許黑色力量，讓那些聲音立即退開，不敢繼續在純粹的黑暗面前造次。

「滾開。」

排開了那些臉瘤的騷擾，我隱約捕捉到藏匿於中的形體。

說起來也滿有趣的，我睜開眼睛時看不見這些東西，但是閉上眼睛之後，藉由魔龍和米納斯看世界的方式，竟然能隱約看見「蟲」的核心處蜷縮著一名瘦弱的……男子？

形體看起來又乾又癟，手腳不自然被拉得比常人還要長一些，而且連指頭都已變形扭曲，身體骨骼突了出來，有些根本刺破皮膚暴露在外頭。

然後，「他」緩慢又吃力地轉過頭，就像知道我正在「看著」他，所以他不得不忌憚我的視線。

「我命令你，回應我。」

下意識地伸出右手，我可以感覺到張開的手掌上慢慢凝聚我的黑暗力量，同時往「蟲」的核心延伸，刺穿了肥腫的身體，在那些被吞噬的亡靈裡遊走，最後勒住核心的頸子，逼他傾聽我的聲音。

食魂死靈突然一陣顫慄。

我連續說了三次命令話語，那個核心才終於有了回應。

混濁的聲音好像被灌了無數泥濘，那些泛著腐爛惡臭的東西堵塞了他的嘴，讓他傳過來的聲音難以辨認，不過隱隱仍能表明意思。

終於大概聽清楚他在說什麼後，我發現其實他也不算是回應我，還不如說是喃喃自語相同的話，像是跳針的播放器，不斷重複差不多的話語——

把她還給我！

殘破的畫面從黑暗深處傳遞給我。

瘦弱的男人帶著幼小的女孩徘徊在冰冷街道上，衣衫襤褸，像是許久沒吃過飯般，偶爾有路人經過會好心給予吃食，不過仍不敢攀附在他們身上的貧窮與飢餓。

這是我們的錯嗎？

那男子的聲音憂傷地傳來，彷彿在控訴不公，試圖想讓我認同，明白他們所受的痛苦。

他們那年代，戰爭、疾病和饑荒充斥著整片大地，底層的人如同爛泥腐蛆，想要多掙一片麵包說出來都是種大罪。他只能帶著女孩四處打零工，多骯髒的工作都去做，卻還換不來一頓溫飽。

直到有一天，最冷的冬天披著死亡織成的斗篷降臨，而他們終於餓得受不了，他帶著女兒，去了「那個地方」。將自己的女孩交給陌生的家庭，然後從對方手中接過一樣瘦小又飢餓的孩子……然而他帶著小孩回到棲身處的那瞬間便後悔了，發狂似地抱著別人的孩子往回跑，尋不到那戶人，只能一個個問過去。

等到天黑時，他終於找到另外那夥人的棲身之地，迎接他的是圍在火堆邊的人們與燉著滿滿一鍋肉的大釜。

太餓了，無法對自己的孩子下手。

太餓了，只能對別人的孩子動手。

這是大饑荒年代都會發生的不幸。

而不幸的男人就這樣崩潰了，在那夥人面前發狂，活生生地砸死了另一個孩子，然後被那夥人七手八腳按在地上，無數石塊落到他的頭上、身上，將他砸成一坨爛泥，死前看著鍋中的女兒，滿臉是血地扭曲成鬼。

接著那夥人成為他的糧食，更多人也成為他的糧食。

於是它和其他悲慘的食魂死靈一樣，來到我們面前。

這是我們的錯嗎？

食魂死靈咆哮著。

我覺得腦袋好像被人搥了好幾下，整個暈眩起來，好不容易才站住腳，然後睜開眼睛，食魂死靈身上所有的臉和眼睛也同時和我對上。

用力地咳了聲，我抹掉嘴唇沾上的血，冷冷地回答：「是不是你們的錯我不懂，畢竟那個年代的是非不是我這種過太好的現代人可以講清楚的。但是，親手把小孩交換給別人吃，又因此後悔扭曲成鬼殺了很多人，絕對是你的錯，你的女兒真的同意成為別人的食物嗎？如果願意的話，她——」

就不會沾黏在核心本體旁邊！

透過米納斯和魔龍的力量視線，核心除了男人之外，還有另一個厲鬼攀附在他的背上，帶著血色、痛苦又憎恨的恐怖雙眼，死不瞑目般瞪著核心鬼族，沒有任何溫情。

所有死靈淒厲地尖叫起來，整隻食魂死靈像是被潑到熱油的蟲，痛苦地蜷縮成一團。

「就是現在。」小淺張開手掌，十根漂亮的白色小手指上都纏繞著黑線，那些黑線快速捲上食魂死靈，將它團團綑綁，黑暗法陣在它底下張開，轉出深色光芒。

九瀾像是和對方說好般，極具默契地打開另一個金色法陣壓在食魂死靈上方，一時間，亡靈掙扎哀嚎了起來，很快就有好幾顆那種深黑色的亡靈球從龐大的軀體中掉落出來，腐爛扭曲的面孔也少了幾張。

雖然在鬼王的記憶中見過，不過親眼當場看別人分解食魂死靈還是頭一遭。

正想試圖搞清楚這是什麼運作方式時，顯然感受到強烈威脅和疼痛的食魂死靈猛力掙扎起來，一個超大的躍起連小淺都沒來得及立刻拉住，小小的身體跟著衝勢踉蹌幾步。

抓住瞬間空檔，食魂死靈高高仰了起來，咧開巨大的嘴巴及好幾排利齒，凶暴地往小淺方向咬去。

這剎那，我瞥見了有道白色的光像利箭直接從天空的精靈陣法裡射出來，眨眼來到我們面前，一槍貫穿食魂死靈的後腦，然後再從那張嘴噴出，強悍驚人的力道直接把死靈抬起的頭部釘在地上，順帶發出轟然巨響，掀起一波沉灰與因衝擊力爆開的臉瘤毒液。

隨後而至的人用力踩上死靈，把想要從地上爬起的死靈重新踩回地面。

銀白色的長髮帶著冰冷的氣息緩緩飄落，參雜其中的幾縷紅髮焰紅如火，熟悉到讓人感到眼睛發痛的身影散發著隱隱微光，然而一點都不像其他精靈優雅，反而是十分殘暴地往只剩下一點點的槍尾狠狠一踩，寒冰凝成的槍整支沒入食魂死靈體內，下秒龐大的死靈瞬間凍結。

「褚，才幾天不見而已，你膽子越來越大了啊？控制食魂死靈？」

紅色的眼睛居高臨下地看著我，哪還有分別那天的虛弱感。

我的手有點發抖。

熟悉的人身上環繞的是乾淨又純粹的精靈力量，以前從來沒有發現竟然這麼清淨，冷冽的寒氣迎面而來，一掃那些混濁污穢的骯髒影響，幾乎讓人身心清明起來。

以前我就覺得學長很強大，但是現在站在我面前的這個人，似乎又提升到另一種層次，完全看不出來底限在哪裡，就和先前從狼王他們身上感受過的很類似，漂亮優美的身體內好像被壓縮了巨大厚實的力量，以我的能力根本探測不出來。

我慢慢低下頭，雖然精靈的微光很溫和，卻太過刺眼，刺眼得讓人想哭。

「學……學長……」虛弱的聲音從喉嚨裡發出，我只覺得我好像不是在叫認識的人。

正想著該怎麼應付眼前狀況時，一股劇痛直接從我腦後炸開，來得太突然了，根本沒時間反應躲避……應該說我短短這幾天經過太多事情，竟然連躲開的反射動作都消失了，痛得我眼前有好幾秒發黑，本能地摀著腦袋，愣愣地看著一言不合就出手揍我的人。

「所以我不是說過，不要亂來嗎。」

略冷的溫度在我頭頂上擴展開，莫名有效地舒緩了剛剛捱揍的後腦，還有因爲控制食魂死靈產生的陣陣頭痛。

我還是有點呆滯地看著近在眼前的那張臉，一時不知道該說什麼，只好打量起對方，想看看他身上還有沒有其他傷或是不好的影響，這時才注意到學長身上穿著的也不是公會黑袍，而是精靈們製作的白色長衣，在微光映照下，隱約能看見上面有不怎麼明顯的美麗圖騰與冰牙族特有的族徽，層層疊疊的守護被附加在上頭，感覺十足厲害。

「你怎麼……」

「幸好趕上了呢。」

話還沒說完，我又聽見另一個熟悉的聲音，越過學長肩膀，我看見夏碎學長也落在食魂死靈結冰的腦袋上，然後輕鬆地跳下來，同樣穿著學長那種長衣，看來是冰牙精靈一起準備的。

也就是說，他們從冰牙族出發的嗎？

夏碎學長大概是看我一臉傻掉的樣子，微笑了下，說道：「衝擊空間走道的術法可不好計算，我們一直擔心座標會被扭曲，幸好結果並沒有偏差太多。」

不知道為什麼，我現在竟然還有心情注意到九瀾和小淺正在快速地把結冰的食魂死靈分屍，短短時間內本來龐大的怪物已被肢解一半，變成許多黑色、紅色的小球，然後又被醫療班自肥地收到某個空間去。

腦袋的痛差不多消失後，學長才移開手，與精靈極為相似的模樣隨著微光消失而減弱許多，又回到我熟悉的那種在學校裡橫著走的樣子。

「你們怎麼在這裡？」我有點害怕，但莫名又感到心中好像有點什麼期待慢慢燃起，驅散了這陣子幾乎完全冰冷的心底。「你們……我……會牽連……」

因爲害怕，不太敢說出口。

學長又一巴掌甩在我後腦，不過這次力道輕很多，只是把我拍得摀著腦袋不敢再亂說話。

「黑暗同盟和那些亂七八糟的獵殺隊說都是你的錯嗎？因爲你是妖師所以才害死其他人的嗎？」火焰色的眼睛瞇起，帶著會把人扭成一百八十度的凶狠。「還是說你活著其他人都得死？或是你會把所有人都變成鬼族，毀滅全世界？」

欸，其實差不多就是這些意思。

你很懂嘛！

然後我看著學長，愣是沒種說出口，總覺得我敢講一個字，他就會當場打破我的後腦。

「我有沒有說過如果你敢亂來，我就揍死你？」

我連忙點頭，就算學長沒說過，他平常表現出來的肯定就是這種意思。

接著，我看見學長突然勾起唇角，往我頭頂上拍下去。

「那你怎麼可能毀滅世界。」

「……」

我本來，就沒有要毀滅世界。

我一直沒有。

「都是別人說的。」這一秒，我可能是因爲得到安心感，整個人突然有點崩了，直接哽咽出聲。「我本來就沒有……」

「漾~都說過，別小看我們了。」蹲在有點距離的巨石斷壁上，大概是在望風的西瑞回過頭，瞥了我們這邊一眼。「想弄死本府，本府就拿狗頭鍘剁掉他！」

「我們很清楚你是怎樣的人。」夏碎學長微笑著開口：「所有發生的事，都不是你的錯，你不須要懷疑這點。」

小小的黑色腦袋從夏碎學長身後探出來，黑蛇小妹妹小心翼翼地往我這邊看，好像是在確認我的氣息，接著才蹦出來，往自己袖裡翻找了一會兒，遞了一塊醬油仙貝到我面前。「吃飽飽就會心情好了，小亭分你餅乾！你之後也要分小亭很多餅乾喔！」

接過了那塊仙貝，我咬了一口，點頭：「好。」

「唉呀，眞是溫馨的場面啊。」

雖然剛剛就有感覺，不過沒想到來得這麼快，有些短暫的放鬆時光就這樣消散了。我抬起頭，看見在黑暗天空下展開的黑紅色法陣，從那裡走下身穿黑色禮服的女人，火焰般的長髮鬈髮在她腦後散開，像是狂囂燃燒的烈火。

比申惡鬼王，忽視了後方打成一片的獵殺隊與鬼族，轉移定點筆直地放在我們正上方，一點也沒有偏離，準確得根本就是衝著我們而來。恐怖的威壓隨著惡鬼王的出現，鋪天蓋地地襲來，當場所有人在我周圍擺開了防禦架勢，結界也瞬間鞏固，重新建立。

「錟之谷的教訓還沒讓妳清醒嗎。」學長甩出他眞正的幻武兵器，像是與剛才凝冰的槍倒轉了力量，這次長槍上頭棲伏著安靜的熱焰，隨時都可以瘋狂燃燒起來的樣子。

我總覺得，這段時間不見，學長好像把自己的兩種力量控制得更好了，這樣來回轉換並沒有出現以前可能會有的失衡狀況，他的臉上或動作也看不出來有負擔。另一邊的夏碎學長看起來狀況也比先前好很多，眞讓人鬆了口氣。

又變了個模樣的黑暗女王俯瞰著我們，在她身後轉出了以焚燒食魂死靈爲祭品的鬼門通道。「你認爲，曾經是第一公主的本王，會在明知火流河爲那篡位者主場下，自己找死嗎？」艷麗的鬼王冷笑著，擺出各種恐怖又極美的容貌姿態，絲毫看不見之前被狼王打得夾尾逃走的狼狽。「令人懷念，天眞的小公主生出的天眞兒子。卑躬屈膝地演了場戲，你們還信以爲眞了，看來只有炎天腦子還清楚，不敢派人追過來。」

演戲？

那麼大舉進攻火流河是演的？

「所以，妳的目標果然還是阿法帝斯與其他鑰匙的守護者吧。」學長沒有我那麼吃驚，以相當冷靜的語氣開口：「我母親在離世之前，將己身大部分的『鎖』，包括妳被封印的力量，都託付給阿法帝斯與狼王，因爲她相信無論如何，這兩人永遠不可能背離她。」

「是呢，你那卑劣無恥的母親，炎天最珍愛的女兒，從我這裡騙取信任，騙取我的力量，讓我成了一個笑話，不得不墮入鬼族……看著你這遺留下來的雜種，總是會讓人感覺噁心，當年如果不是殊那律恩從中作梗，我早將你撕成碎片，以報答那賤女人的手段。」鬼王發出咯咯的陰森冷笑：「說什麼正直受到愛戴的公主，從頭到尾，就和她父親一樣是個卑鄙小人。」

「……我出發來此之前，狼王告訴我，妳在那場混亂中，對火流河做的並不只表面那樣，妳還投入了毒素。」學長看著鬼王，說道。

黑暗女王舔了一下腥紅的嘴唇，笑著：「喔，這次這麼早就注意到了嗎。」

站在後方，我看見學長輕輕握了下幻武兵器的槍身，然後再度放鬆手指，他的聲音依然毫無波瀾，卻問出了我們全都異常在意的話——

「所以，千年前，將黑火淵之毒投入戰爭一事，妳也有份嗎。」

第九話　真正的用意

千年前，以三王子為首，帶領各種族對鬼族的聯合戰爭最終獲得了勝利，此戰役也被列入名戰爭的記錄裡。

然而，參與那場戰役聯軍的下場並不像童話故事那般完美收場。

光是葬身在鬼王塚內的聯軍就不計其數，至今還沉在水中的精靈們遺體，連我都不敢去翻看數量記錄；領頭的三王子與妻子和許許多多聯軍相同，在戰爭中或戰後出現了毒素扭曲、身體急速衰弱的轉變。

最後，戰爭以悲劇收尾，三王子夫婦衰弱至死，而且因為詛咒與身分，所擁有的孩子不得不讓背後兩族付出極大的代價送到現今。

這場戰爭是很多悲劇的開始，卻也是註定了我和學長等許多人在這個世界相遇的起點。

有時候我會不知道該怎麼定義這場悲哀的戰爭。

如果當年三王子和凡斯並沒有產生誤會，他們肯定能在很多年之後公開友誼，並讓世界不再那麼仇視黑色種族，每個人肯定都能在漫長的努力之後得到幸福；但這樣一來，我就不會認識學長，還有西瑞、哈維恩……很多很多的人，就只會是一個很普通的人類，現在還在我普通的高中生活著，永遠都不會知道有這個世界，還有這些人。

也或者，我們會以其他方式相遇，很可能我是個普通沒力量的妖師族人，只在學院裡當個小透明，但我可以聽到大家的傳聞，羨慕學長高強的能力，以及身後那對傳說中的英雄父母。

如果……如果歷史軌跡可以人為之力改變，那我願意當一個小透明，毫無存在感、也沒有任何力量的邊緣人，只為聽聽大家對於活著的英雄編寫傳唱的故事、歌謠。

歷史永遠是殘酷的。

「你問黑火淵投入戰爭中，我有份嗎？」

比申惡鬼王像是聽見什麼好笑的事情，瘋狂大笑起來，一直笑了好一小段時間後才止住，並回答：「怎麼會沒有我的份！他們該死！沒有淒慘地死去眞是太便宜他們了……問我有份嗎？我告訴你，曾經能繼承火流河的本王對於世界力量能影響什麼是最清楚不過的！提議在戰爭裡投入黑火淵之毒的人，就是我！」

「那就沒什麼好說的了。」金紅色的火焰直接從學長周圍炸出來，在我們的保護結界外噴出幾十層樓高的火牆，規模遠遠超出當初大競技賽壓制對手的程度，甚至比那時高出好幾倍，帶著能震懾敵人的烈火魄力與惡鬼王的恐怖氣息直面碰撞，一些循著力量摸過來的低階鬼族當場被燒得連灰燼都不剩，遠一些的白色種族和獵殺隊則是很機智地躲開，沒第一時間攪和進這種碰撞裡。

我對這種力量展現感到不安，學長突然變得太強了，所以我有點著急地看向夏碎學長。

「他和你一樣，解開了原本的禁制。」總是很能明白他人焦慮的夏碎學長給我一個安心的笑容，「這段時間，並不是只有你找到地方釋放血脈力量，有些該做的事情，他也努力去爭取了。」

學長還做了什麼？

「……他經歷了『歷史軌跡』？」在一邊警戒的哈維恩突然爆出這句。

「什麼意思？」我一愣，不太明白。

「他踏過了某些『界限』，竟然能在短短幾天內取得時間正軌的協助嗎？」哈維恩皺起眉，可能是想到了要翻譯人話給我聽，立刻重新把自己的話修正了一次。「就和你一樣，冰與炎的殿下這段時間除了取得初步的血脈力量以外，如果不是得到世界脈絡的認可，就是進了時間之流、在裡面看過某些東西並取得歷史意識的認同，藉此大幅度又增長一次力量……正常來說，這必須花費很長一段時間來適應並梳理。」

學長大概不能用正常的方式來理解吧，我一直覺得這人的成長根本趕火車地快，簡直將自己的一天切割爲別人的三天過，有夠匆忙。

「他去了時間之流。」夏碎學長算是確認哈維恩的猜測，「昨日才回來。」

可是，去時間之流不是很可能會一、兩個月都蒸發掉嗎？

所以進去的人究竟得多麼精準計算，才不會讓現世的時間偏差太多？

那我當時……？

還沒細想某些事情，好幾道邪惡氣息直接朝我們噴射過來，眨眼便團團圍繞在結界外面，仔細一看，還眞是冤家路窄啊，除了剛被吃掉那組的黑術士妹妹，還有之前在獄界看見假裂川王旁邊的那個女人……沒錯，又是一個被詛咒了卻完好如初站在這裡的怪異鬼族。

「又見面了。」女黑術師勾起詭異的微笑，輕一彈指，他們幾人周圍的火焰立刻消散許多。「小鬼王給我們造成一些麻煩呢，不過待會兒我們就能正式迎接諸位。」

「妳也是百塵家的人嗎？」其實我可以感覺到她身上也有那種熟悉感，所以問這句算是廢話了。

果然，女黑術師點了下頭，聲音直接連到我的腦袋裡面——

「你現在做好覺悟了嗎？我們首領可是對你勢在必得，特別是你在這麼短時間內取得如此快的進步。」

進步嗎？

那十之八九都是被狗急跳牆逼出來的，你們沒感覺嗎。

「你不得不承認，某些時候使用手段還是有些效果。」女黑術師抬起手，制止不知為何一臉憤怒的女黑術士，後者好像不太敢得罪她，乖乖又退下，然而卻用凶惡的眼神狠狠瞪著我，彷彿我剛剛殺過她全家。

呃，我剛確實讓一隻食魂死靈吃了和她同行的黑術士。

像是看穿我瞬間的糾結，女黑術師帶了點奇異溫柔卻又陰冷的聲音再次傳遞進來：「你不用擔心他，我們並沒有那麼容易死……這也是一直勸你過來的原因。如果你珍惜身邊的人，就該勸服他們一起投靠裂川王，我們永遠都不必再被生死拘束，不再被可笑的歷史軌跡耍弄得團團轉，你與你身邊所有人都可以成為永恆。」

「代價是成為鬼族，像你們這樣的另外一種東西嗎？」我在心中罵了過去。

「褚冥漾，你認為鬼族和其他種族有何不同？鬼族是否像其他人所言，沒有靈魂？」黑術師挑起眉，以極為嚴肅的神情問進我心裡：「你進入過獄界，待在鬼王身邊有一段時日，你還敢說鬼族毫無靈魂？是另外一種東西嗎？」

看過殊那律恩那邊的狀況，我確實不敢說鬼族毫無靈魂。

然而我也不想說眼前這些邪惡又凶殘的東西有靈魂。

女黑術師壓根無視我的感想，笑了聲：「那麼成爲我們這樣有什麼不同？這世界遲早爲我們掌握，我們只是提前取得永生，待歷史規則顛覆之後，所有黑暗終將成神，再也不用躲避那些迫害與歧視，你有什麼理由反對我等崇高的任務與使命，還與那些既定死亡者站在一起呢？」

這個說法異常熟悉，不就是摔倒王子當時那個女鬼族說過的話嗎！看來這就是他們的招生文！而且還有一拖拉庫範例的！

黑暗力量像是想要在結界上打開一扇門而捲來時，我伸出手，不太穩定的恐怖力量在老頭公外圍翻騰而出，這讓一些想靠近的鬼族又退開來，忌憚地看著我們這邊。

「不須要在這裡浪費你的精神。」哈維恩按住我的手腕，瞇起眼睛。「這種雜碎交給我們處理就夠了。」

「沉默森林的狗東西也敢大放厥詞嗎。」女黑術師笑了起來，她身後所有黑術士快速撲出，黑暗撞擊了我們的守護陣地。

九瀾與夏碎學長動作一致地重新鞏固法陣，西瑞和哈維恩則是槓上從細縫裡鑽進來的一個小黑術士。

同時，附近幾座山也因黑白兩條通道落出大量鬼族、妖魔與各種白色種族，沒一刻停歇地展開了各種大小戰爭衝突，一時之間滿天空的法術與陣法、圖騰亂飛，空間也不斷遭到爭奪，連空氣都跟著強烈顫動，發出嗡鳴。

另一端，對衝的火焰終於停止。

比申惡鬼王抬起手，鬼族與妖魔從她身後的鬼門蜂擁鑽出，黑色天空轟隆隆發出巨響，帶血的爪子在高空中撕開黑暗，從裡頭探出血色眼珠。

「噁心的雜種，你還是在這邊死去吧。」

「呦，熟面孔。」

再次浮出來的魔龍仰望著天空，藏在黑暗裡的那隻血色眼睛筆直地往我們這邊看，我下意識背脊一陣發寒，好像被什麼邪惡到頂點的東西盯上。自動自發的妖魔環起手，冷笑了聲：「放心，那傢伙太強了，短時間內穿不過來，六界還有大結界在，這種大妖魔想衝過來還要花點時間。」

「這是什麼妖魔。」我頓了下，收回視線，結界周遭全是大小妖魔混著鬼族，那些形態各異的妖魔散發詭異的氣息，並不像鬼族亟欲衝過來，而是用逗弄獵物般的姿態在我們附近環繞著，有些還口唱奇怪的歌謠，一恍神便有種會被牽魂的感覺，超級不舒服。

很快地我發現，我微弱的黑暗命令似乎對他們起不了太大作用。

因爲妖魔是「獨立且被認可存在」的生命嗎？

「惡魔公爵巴利克的手下……有意思，裂川那東西是怎麼找上巴利克合作的。」魔龍嘖嘖了幾聲，回過頭爲我講解。「巴利克是散播災厄和疾病的大惡魔，騎著惡龍塔達，驅使黑山羊波列克在前頭作爲使者，上面那個就是黑山羊。估計我們周圍那些小妖魔就是巴利克的血肉捏成的子女，所以你的力量一下子對他們起不了作用。」

這也太子孫滿堂了吧！

混在鬼族大軍裡面的有十幾個大小惡魔，還不算沒看到的！

就在我感覺正發生的事情好像哪裡有點荒謬時，原本與鬼王對峙的學長不知道什麼時候出現在我面前，還來不及說點什麼，他直接把我拽到身後，長槍一橫，擋下差點把我砍成兩半的刀鋒，火花直接迸出，站在另一端的重柳族怒火洶洶。

「讓開！再不殺了妖師就遲了！」重柳族瞇起藍色眼睛，全身震懾人的殺氣掀出狂傲的氣流。

我手一痛，發現被割出好幾道傷痕，連忙讓老頭公配合魔龍加強防禦。

「冰與炎的殿下！仔細看看現在所發生的事，這名禍端妖師還未完全甦醒就已引動戰爭、使妖靈界出手，如果讓他徹底擁有力量，那便不是毀了這座巨人島能夠比擬的大災難了！」重柳族似乎還是不太願意對學長出手，握了握長刀，才說道：「若是你執意擋在黑暗之前，我們就必須連你也拔除。」

「試試看！」學長回答得比他更簡短，長槍一甩，打飛瞬間往我腦袋上撲過來的大蜘蛛。

「褚，保護好自己！」

我散出魔龍的小飛碟，米納斯轉爲二段，毫不客氣的加強版黏膠打得蜘蛛黏在地上動彈不得，順帶凝出幾發黑暗力量的子彈。

同時，我也有點疑惑，空中那個白色的精靈陣法到底是要做什麼的。

剛剛我以爲是爲了帶學長他們過來，但其實從裡面出來的人少得可憐，除了來到這邊的學長和夏碎學長，似乎還有五、六個人落在其他地方，沒看清楚是誰，此外就都是從那兩條黑白通道跑出來要追殺我，結果打成混戰的雙方軍隊。

「那是一個白色種族的召集令，簡單來說就是個危急的求援。」

魔龍的聲音飄進我腦袋裡，「看來願意站在你身邊的人不多，那混血精靈和他的朋友們布置了空間術法和召集令，來的人卻不多，搞了半天還是這個扭曲空間的大術法有用啊，直接把戰場轉移到巨人島……嗯？等等，那混血精靈和他帶來的人哪來這麼強大的力量做這東西……」

希克斯的疑惑還沒說完，頂上大法陣突然開始亮了起來，散發比剛才更加凜冽的光芒，再次有人影從天空降下，還自帶光芒地打亮了更多黑暗空間，落地點就選在我們附近，所以很快地我就能看見是誰回應了那個白色術法。

那是一組小隊，落地前炸出一小片冰霧，逼開附近的鬼族，翩然而至的雙袍相襯在前頭，露出美麗的身形。

「哇，好精彩的場面，這是不是比包圍我們學院的還誇張啊。」

其實我完全沒預料會在這邊看見她們，應該說這眞的是很意料之外的來援。

來自雪國的兩位袍級與她們的學院小隊落在我們附近，寒霜驅開惡鬼。

「登麗妳看妳看，還有惡魔！」菲西兒拉著她的搭檔夥伴，神情還是一如往常地活潑，接著轉過來向我們打招呼。「諸位好久不見啦，巴布雷斯學院的威脅完全清除，讓你們久等了，我們來了，後續的咒術師隊伍也將陸續到達！我們帶來最好的大祭司支援喔！」

活潑的袍級話才剛說完，白色圖騰裡又有東西瞬移出來，同樣落在我們附近，巨大的白色老虎展開雙翼，尾隨在後的是許多凶猛的幻獸，一踏出陣法，便直接衝出去撲咬正想逃跑的妖魔和鬼族。

坐在利齒長毛象上頭的黑袍潔絲領著她的小隊伍朝我們拋了一記飛吻。「石谷中的幻獸學院，禔亞學院來支援神聖幻獸了。」

我目瞪口呆地看著原本快要被邪惡擠壓的陣地逐漸被擴張了開來。

奇雅學院的無敵鐵金剛轟然落下，砸開體型龐大的食魂死靈，一拳打得那些東西慘叫不止。

然後是更多更多……

水珠的輕靈聲音在周圍被敲響。

這是水鳴吟唱的歌嗓。

在熱淚都快盈眶之中，我看見熟悉的三名白袍終於又並肩站在一起的身影。

「亞里斯學院支援到達。」溫和的笑容在那張優雅的臉上綻開。「很抱歉，公會與師長、守衛們對抗守世界巨大襲擊，無法在第一時間到來，讓你們久等了。」

我看著伊多，很想衝過去問他你身體怎樣了？跑到這邊來眞的沒關係嗎？但是一開口發現自己話都說不出來。

「伊多你快進去保護結界！不要在外面！」雷多二話不說把他哥塞進我們結界裡，直接打破剛剛的優雅登場。「就說別跟來，你還一定非來不可，都說不動你，那你要按照約定待在安全的地方才行！快進去！」

雅多白了他粗暴的兄弟一眼，轉過來向我點了下頭。「我們來了。」他抬起手，伸出小指，「誓言不會背離。」

陸陸續續，我看見參加過大競技賽的學院幾乎都到來了，帶著術師、帶著戰士、帶著幻獸和機器人，每個人看起來都很年輕，卻也非常強悍。

被學長擋住的重柳族顯然沒想到會發生這種事，各大學院的隊伍以我們的結界為中心繞出巨大的聯合陣地，似乎早就準備好的各種術法在所有人拋出同時，竟然快速地結合在一起，悍然搭建出超強的防護壁。

我反射性看向上方，黑暗被破開的天穹下，七陵學院的韋天等人依舊是那超神祕的打扮，擔負起整合與調動大結界的中心。

「怎麼可能……」重柳族退開一步，似乎認為眼前所發生的事情荒謬至極。「你們都是光明者，卻想與黑暗同行嗎？難道你們並未收到妖師傷害生命的警示嗎？」

「啊，那個呀，收到了喔。」菲西兒笑著伸出手，掌心上飄出血色的菱形寶石，慢慢地旋

轉著。「可是，你們說的是那個男孩，我們接觸過他，無情殺人什麼的，我和登麗是絕對不相信的呦~」

「我們也不認爲褚會做出這種事，這中間必定有誤會。」伊多微笑著走過來，站在我身邊，清涼的水氣一掃之前的陰鬱。他拍拍我的肩膀，說道：「無論如何，我們相信我們所認識的人，也相信他絕不會辜負我們的信任。」

結界外的雷多馬上跟著大聲喊：「就是！你都不知道他一個原世界的人連看到食材都會大驚小怪呢！殺人根本不可能！搞不好還會被魚殺掉。」

然後我聽見雅多訓斥他弟閉嘴，我在心中很感謝他。

不要提食材那段黑歷史啊可惡！

「原來魚都可以殺你，廢物弱雞。」魔龍趁機再度表示對我的鄙夷。

我對妖魔伸出黃金中指。

地面再次震顫了。

某種看不見的巨大物體踩上地面，慢慢現出巨大形影。

熟悉的巨大神踩住一地的鬼族妖魔，手上的少女依然平穩地坐在巨大神的手臂保護中，居高臨下地俯瞰地面上的東西，然後抬起右手，隱在空氣中的部隊四散開來。

「說什麼與黑暗同行呢，眞是。」

穿著便服的歐羅妲用一種「怎麼有人在說傻話」的語氣開口：「退一萬步來說，這根本和黑不黑暗無關，這是我們學校的學生，我們班領座號的同學，不管出什麼事情，學校與班長出手不是理所當然的嗎，爲什麼會是外人來處理呢，這有些不太對吧，即使是歷史種族，至少也要尊重點吧，你們甚至還想闖進我們班級呢，萬一讓學生學壞了也變成這種大人該怎麼辦。」

「妖精王的後人嗎……」重柳族環顧著周圍來自各大學院的人，顯然忌憚了。

「就是嘛！都是你們在欺負人！」

喵喵從高空中跳下來，穿過了陣地結界，不是穿袍服，是微亮的白色漂亮裙裝，上頭隱隱有類似鳳凰的刺繡圖案。少女張開手臂像是保護小雞一樣擋到我面前，很憤怒地瞪著白色種族，一點也沒有以往對歷史種族那種崇拜的目光。「漾漾才不可能殺人！絕對不可能！」

另外兩道人影同樣一前一後落下，站在喵喵兩側。

千冬歲和萊恩甩出各自的幻武兵器，同樣穿著原生家族帶來的服飾，沒有任何人穿著袍級。「這眞是仗著小孩好欺負就一直欺負上來了。」千冬歲的聲音從他的面具後透出，帶著些許的譏諷，「現在還流行『你未來會殺死全人類，所以要先滅掉你』的做法嗎，那爲了我哥的生命安全，我大概得先滅了一半的人類吧。」

等等，這毀滅人類的理由好像不對啊。

我看著千冬歲和式勁裝的背影，覺得一段時間沒見，他好像又長歪不少。

然後我看見了莉莉亞，總是沒有好臉色的女孩站到萊恩身邊，對我用力哼了聲：「才不是為你來的！」

隨後的尼羅，微笑地說道：「抱歉，我的主人還在協助學院與公會驅退襲擊，只能先由我來幫忙。」

我看著白色的求助召集帶來越來越多的人，那些可能在競技賽有過一面之緣的人，可能在學院曾經擦肩而過的人，也有根本完全不認識的人。或許不一定是因為我而來，但是他們信任自己的朋友，因此跟上腳步來到這個危險的地方，釋出了善意站到我們的陣地當中。

原本孤單的結界拓展得非常寬大，各學院的代表校徽與各自法陣融合，打在天空上，十多個不同色彩的巨大天空法陣方向不一地微微轉動，震撼得我都快說不出話來。

「你還認為撇開所有人是該做的事情嗎？」

輕輕的聲音傳來，我反射性回過頭，看見學長，他說：「出事之後，學院雖然遭到各方質疑，但有許多人很快聯繫上我們，無法找到的就聯繫學院，你認識的人幾乎都不相信你會殺害時間種族，也不信你會顛覆世界。這個時空扭曲並切割戰地的術法，是所有學院相關學生與其他自願者在明白狀況後，一起協助完成的，交給九瀾與一些人隱藏行蹤提前到你家附近設置，準備在這種時候開闢戰場使用。」

「雖然我們無法以公會的名義或要求公會協助不相干的黑色種族，但我們能以自己做得到的方式幫忙。大競技賽並不是要讓學院彼此惡性競爭，而是聯合各學院在一起學習、知曉各地不同特色，並從中研究變化新的領域，以備在未來的某一天可以超越種族隔閡，互相扶持。」

停頓了下，學長直接伸出手往我頭上一拍。

「當時的我仗著自己的力量跳過這點，所以才會得到那種懲罰；現在是你，那麼多人因爲你來到這邊，你還放得下，要把自己扔進黑暗裡面什麼都不再接觸嗎？你在看過我這前例之後，怎麼就沒想過要好好信任你周遭的其他人。」

「……」

學長你真的，有夠陰險。

你明知道我是絕對不可能放下的。

我這麼多年才能在這個學校裡得到那麼多朋友，他們都在我面前，我怎麼還可能再次說出我要遠遠離開所有人這句話。

魔龍嘖了聲，消失在空氣當中。

隱隱約約，我好像感覺到米納斯輕柔的低笑聲，以及她放下某些擔憂的情緒。

「還有，你再不回學校報告和處理曠課，你眞的要被當掉了。」

學長露出笑容，是我很熟悉那種恐怖的笑，帶著抹脖子的動作。

「學校的報復會很可怕喔。」

……

靠杯了！

※

「你們瘋了嗎。」

重柳族環顧短時間內龐大起來的陣地，冷酷平靜的語氣也抹上淡然的不屑。「……哼，年輕的學生便是如此容易被迷惑，你們身後所代表的家族可知道此等荒唐之舉！」

「知道呢。」菲西兒握著拳頭，笑容燦爛地說：「族內還說，雖然已經離開了我等，然而雪的血脈不會因此放棄彼此，我們依然會在最寒冷時相互凝聚！所以我們就來啦！」

雪妖精血脈是……啊！

我看了眼重柳族，你們的人砍死過人家雪妖精媳婦啊我說！

「那很重要嗎？」萊恩有點疑惑地看向千冬歲，「啊，所以你那時和家裡吵……」

「他有意見就找別的繼承人啊！」千冬歲沒好氣的聲音從面具底下傳來。

來援的人們中或多或少也傳出一些不怎麼肯定的聲音，我可以感覺到有些人的想法正在動搖，不過那也是沒辦法的事，畢竟對於黑色種族、甚至是妖師，仍免不了這種天生的排斥吧。

「你們在猶豫什麼！」

低沉的斥喝傳來，那聲音雖然不大，但用上術法，居然很清晰地傳到每個人耳裡，這讓原本不少竊竊私語的人全都看往同個方向，就像是迎接某個地位超高的王子到來一樣。壓根不管其他人的視線，摔倒王子——休狄有氣勢地領著他的小軍隊走過來，邊走還邊不客氣地斥罵：「果眞是零散的普通平民。大敵當前，竟然因爲幾句話先軍心動搖，別忘記你們是來做什麼的！光那些撕裂時空到來的邪惡就已經足夠提供我們站在這裡、一致將刀尖對向外的理由！還有須要質疑嗎！」

不得不說，休狄的話莫名自帶一種威嚴，本來浮動的人心居然這麼穩定下來，這也直接讓重柳族的殺氣變得更深沉了些。

完全不管會不會得罪時間種族，休狄一記狠戾的目光掃過去，語氣高傲：「至於那邊半吊子的黑色種族，既然是我們學院的人，也就在奇歐妖精的監管下，不勞你們多費心了。」

說眞的，一直到今天爲止，我從來沒有想過休狄會說出這些話，如果說大家的到來讓我又詫異又驚訝又感動，那麼奇歐王子的這些話就讓我非常震驚了，特別是他在不久之前其實還很想殺我……連一旁的莉莉亞都露出明顯遭到驚嚇的表情，她很可能和我一樣正在懷疑她哥是不是頭被門夾到，或者是根本被外星人或湖之女神換過。

「看什麼看！」休狄馬上發現莉莉亞的存在，語帶不善。

莉莉亞立刻縮到萊恩身後，連根頭髮都不敢露出來。

阿斯利安從王子身後繞出來，笑吟吟地往我們這邊走過來，帶著一陣風，不聲不響地協助加固陣地。「王子殿下說的沒錯，我們的敵人，首先是外來的進犯者吧，如果讓邪惡從這裡離開，那麼遭到傷害的依然是無辜的生命，這點應該大家都認同才是。」

學長站在我前方，槍橫在我和重柳族之間。「你怎麼說？」

「你們會因此後悔的。」重柳族甩下這句話，直接扭頭走人，消失蹤影。

喵喵和莉莉亞幾乎動作一致地朝重柳族消失的方向扮了一個吐舌的大鬼臉，彷彿送走的不是崇高的白色種族，而是什麼倒楣的東西。

「你們……」我看著身邊的人，實在不知道該說什麼。

「廢話少說，先把眼前的垃圾打退再說。」休狄冷哼了聲，打斷我的糾結，回過頭筆直走向滿斥各種妖魔鬼怪的戰場。「剩下的，就是你自己的問題。」

我其實很想對他們大喊那些事情我眞的都沒有做，然而在抬頭看見所有人的目光時，我突然發現原來已經不用再多加解釋了。

他們都知道。

他們從未懷疑。

雷多朝我比了一記拇指，就像先前我們去尋找水石一樣，大剌剌的笑臉上完全沒有沾染過懷疑。

「別怕，我們都在。」

白色陣地在聯合學院到來後穩固下來。

部分散落的白色種族逐漸靠攏了過來，像是默認了以這個陣地爲中心，除了一些獵殺隊沒有接近，但也沒有像之前一樣直接殺過來，可能是暫時惹不起眾人，所以遠遠觀望著情況，順便狠殺周圍的鬼族洩憤。

幾乎有那麼一瞬間好像回到學院戰當時，那天也是降下了大批鬼族想侵入學院，然而這次範圍更廣，一眼望去連串的山脈全都是黑壓壓的妖魔鬼怪，不斷朝我們這個發光點狂奔撲來，每一雙爪子或是青灰色的手指，都想在人們身上挖下一塊皮肉或心臟。

然而很滑稽的是，兩方人馬除了世代血仇以外，其實最根本的問題是在我身上，這是在踏入這世界之前的那個普通倒楣鬼不可能預料到的事情。

仰望著上方打得很刺激的一群人，我捕捉到又想往我們這邊衝進來的食魂死靈，這東西出現的數量超乎我們預料。在社區看到三隻已經很讓獵殺隊驚愕了，結果現在整座黑暗的島嶼上，光我可以感覺到的起碼就有七、八隻，這還只是距離我們近的，遠一點都不曉得還有多少，只能從陣地裡越來越凝重的氣氛來判斷。

說真的，我越來越覺得奇怪了。

抓個我有必要用上這麼大量的食魂死靈嗎？更別說那些正在撕破空間的妖魔、黑術士。退一步來說，就算他們要一起對付白色種族，在不知道會來多少人的狀況下，會準備這麼多其實不太容易養好的食魂死靈嗎？

我記得這東西光一隻就很讓人害怕了吧？

有什麼東西值得讓黑暗同盟這麼大手筆地把家底曝光在所有人面前？

還沒用我這顆遲鈍的腦袋想想哪裡不正常，我整個人突然一陣毛骨悚然，雞皮疙瘩完全立起來，這和之前看見其他鬼王時的感覺不一樣，是更爲恐怖的東西出現時的直覺反應。

猛然下意識抬頭看向天空，原本被白色陣法映得像是破曉的天際上，血色深沉了起來，除了被妖魔撕開的那條血口外，又多了好幾條崩裂的傷口，隱隱流出血水，在高空中散化開，變成血霧般的雨水朝地上所有正在爭戰的生物灑落。

雨水落在結界上時，我很清楚地看見，帶著邪惡咒術的血雨融化了一小層保護外殼，連老頭公都反應過來那些酸雨的凶惡；相反地，在外面的鬼族與妖魔好像吃了強化藥，完全亢奮起來，加上數量又多，居然一時之間就這樣和白色種族僵持不下，就連食魂死靈都變得無比凶猛，我試圖想控制的命令全被反彈回來，腦袋還因此麻痛了好幾秒。

接著腦門嗡的一聲，我竟然藉由食魂死靈的連結捕捉到一絲極爲純粹又冰冷的無溫黑暗，之前陰錯陽差之下也接觸過一次，當時太錯愕了來不及挖掘，但這種讓人反胃的陰冷基本上忘也忘不掉，絕對不可能弄錯。

我看了眼學長和伊多他們對抗鬼王妖魔的背影，大概知道血雨和那種恐怖感覺的來源了。

能夠做到嗎？

屬於我的黑色力量蜿蜒出來，幾秒後正式與那股力量接軌。

抓住了！

這次，我自己進入黑暗。

第十話　必須死的原因

百塵鎖給我的感覺，就像一條毒蛇。

雖然想說蜈蚣、青蛙什麼的，不過果然還是傳統老梗的毒蛇比較適合他，時不時就會撲出來陰冷地咬人一口，會痛還帶毒，甚至讓人在搞不清楚狀況時就死於非命。

意識成功連接上的那瞬間，我完全可以感覺到這個黑術師至少有驚愕到，即使只有短短眨眼瞬間，他還是透出了感到意外的情緒。

「還以爲你在獄界。」我慢慢地幫自己心理建設一下，順便做幾個深呼吸，剛剛純粹一時腦抽筋直接逮到人就連，還眞不知道會這麼順利，一秒進到搖滾區看到墮落妖師黨的老大我也不知道本來想幹什麼。

黑術師冷冷看了我一眼，倒是沒有上次那種被觸碰到時的強烈殺氣，鐵面具裡的眼睛微微瞇起。「……難怪了，你和藥師寺家的小子就是這樣才能力暴增。」

他不用明說，我們都知道他指的是那啥神的舍利子之類的東西。這陣子我也知道自己的力量飛快暴漲，特別是狼王幫我們調整過身體之後，黑色力量幾乎以一種理所當然的速度快速激增，從本來很難控制到短短幾天之內多少可以拿來使用，到現在，我都有點開始接受這就是我本來應該有的東西、身體的一部分。

不知道應該感謝狼王幫忙調整，還是之前在精靈那邊養了一陣子身體，又或是重柳教導我控制力量，更或是三種都有。

現在就算超用力量為身體帶來負擔，也不會像以前那麼容易爆漿了。

「你知道我們不會輕易宰了你，所以才這麼大膽嗎。」黑術師似乎起了點興趣，大概對於我這種「自投羅網」的行為有點好奇，反而沒有直接衝過來把我打個哀爸叫母。「特地找上門，你想做什麼？」

默默地再為自己的心臟加油一下，果然人不能全憑意氣用事亂搞，實際上面對恐怖敵人還是很驚悚的，真不知道學長他們平常在那邊碾壓人間是怎麼辦到的。我抬起頭，學著那種欠打的平板語氣開口：「你們既然一直在監視我……不，應該說你們在監視妖師一族，那當年是不是凡斯和他的族人也被你們跟監了？」

他們知道妖師本家在哪，當年引入了獵殺者血洗本家，知道我在原、守世界的生活狀況，也提過千年前的戰爭，這就表示百塵家潛伏在黑暗中從未離去，我甚至可以確定當年凡斯的親族被扭曲毀滅，很可能和這些人脫不了干係。

只是，爲什麼？

明明同爲妖師的三脈之一，先滅了千眾家，隨後又對本家下毒手，到底是什麼問題？

遞給凡斯那把刀的人會是他們嗎？

「看來你並沒有表現出來的那麼愚蠢。」百塵鎖冷笑了聲，倒是回答了我的問題：「那又如何？想問爲什麼痛恨妖師一族嗎？明明是相同血脈？」

「爲什麼要犧牲百塵鍊？」猛然，我想起那個與異靈是雙胞胎的少女，沒經過大腦便直接吐出這個問題，其實我只是單純不想要讓黑術師猜到我的想法。

那瞬間，鐵面具立刻出現在我面前，挾帶大量凶殘殺氣。我脖子一痛，腦內整個一白，竟然就這樣喪失意識好幾秒，模糊的視線和意識重新回歸時，看見鐵面具幾乎逼近在我鼻尖前，血色的眼睛帶著憎恨直視著我，黑術師箝住我的脖子把我舉高，我差點又整個被掐昏了過去。

「臭小子，你以爲我們眞的不會殺你嗎。」黑術師收緊手指，似乎想要在連結意識裡直接把我給捏死。

我再次接觸到那種冰冷刺骨的恐怖意念。

不過至少確定黑術師並沒有我想像的無情，還可以肯定百塵家墮落的原因眞的有一個是因爲百塵鍊。

黑色空間顫動。

第三股截然不同的白色氣息火焰般貫穿了意識空間，帶著優雅精靈光芒的白色手掌抓住百塵鎖的手，手指幾乎掐進黑術師的手腕裡，迫使對方鬆手把我放下來。

我摀著脖子後退幾步，一邊覺得意識空間有夠像現實感覺很痛，一邊抬起頭，這次真的抖了一下。「學、學長……」

血色的眼睛瞪了我一眼，接著轉回去與百塵鎖對視。「比起這傢伙，不覺得我們才有筆帳得好好算算嗎？」學長的語氣非常冷漠，毫無感情，完全就是讓人寒到骨子裡的聲音。

「走過血路了嗎？你這雜種能在幾日內熬過去，看來那兩族也有拿得出手的自豪後輩了。」百塵鎖冷笑幾聲，聽起來相當怪異。黑色鐵面具的額心中間陡然裂開了一條縫，縫中慢慢睜開了豎眼，深黑色的眼睛露出來時，意識空間內壓力暴增，連空氣都變得千斤一般沉重。

學長扶了我一把，我才沒有很難看地直接摔在地上。

「別再亂來了。」學長淡淡的聲音在旁邊好像嘆了口氣，隨即又筆直地面向黑術師。「歷史長河對你們的記錄已經遭到不少抹消，這讓我們非常好奇到底是什麼力量才能夠對『歷史』下手，隱瞞這麼龐大的垃圾同盟，即便拜訪時間交會處的主人，也復原不了。」

「難怪你們能做出扭曲空間通道的術法，原來去了司陰者之處嗎。」黑術師好整以暇地甩開了學長的手，剛剛那種想殺我的冰冷感覺已經消失，取而代之的是種不屑，不屑我們力量比他還微弱這件事情，還刻意露出了悲憫的眼神。「如果妖師臣服裂川王，至少還能將你們完整的屍體撿拾回去。」

「我看起來像是會在意全屍或碎屍的人嗎。」學長嘖了一句回去。

雖然知道學長你是在槓他，但可以不要說這麼恐怖的話嗎，你們不在意我很在意啊！

黑術師抬起手的瞬間，意識連接破碎了，我們重新回到巨人島的戰場上，使用精神力的暈眩感立刻襲來。

一直在我附近的哈維恩馬上出現在我身邊，按了舒緩的術法上來。

就著夜妖精的手，我果然看見學長同樣在不遠處，他和比申惡鬼王的對峙早就結束了，鬼王看起來好像沒受到太大影響；而學長背對著我們也看不出狀況，只能感覺他的火焰似乎變得比較弱了。

黑暗的天空終究被妖魔撕裂，血雨轉大，挾帶毒素的豪雨驟然落下，打在無數守護陣法上，不斷傳來令人悚然的聲響與融解術法的畫面，毒霧更是趁隙拚命想穿透裂縫，湧進白色陣地當中。

帶來災難的黑山羊波列克從天空落下，龐大的軀體降臨在山腳處的白色陣地，公車般大小的腳蹄隕石一樣砸在稍遠處的守護陣法，惡魔駕馭的野獸發出末日咆哮，張嘴噴灑出地獄黑火，血色暴雨中整個山腳陷入黑色火海，紫黑色的光詭譎地染開了半片大地。

「投降吧，雜種。巴利克已與黑暗同盟定下契約，來到這片土地上的所有生命都必須死，成為新世界的祭品。」比申高高俯瞰著我們，黑色的翅膀在她身後張開，無數細小的毒蛇棲伏在上，吐著深黑色的蛇信。

「那不也包括你們嗎。」學長冷笑了聲，隨手甩出一個淡銀色法術，補上差點被融破的守護結界裂痕。

「當然不包括我們。」比申露出艷麗到令人膽寒的笑容，「提著你的腦袋去燄之谷時，炎天的表情一定會相當精彩。」

「……看來我母親還是高估了妳的智商。」

學長突然迸出一句完全不相干的話，讓比申愣了愣，隨即他又開口：「我和阿法帝斯的看法相同，妳根本沒資格擁有炎狼族被賦予的力量，過去如此，未來也將如此。」

「閉嘴！」直接被觸怒的惡鬼王發出憤怒的尖叫，無數惡魔隨著血雨砸到守護結界上，部分支撐不住的結界爆碎開來，許多人不得不縮小陣地，合力堅守陣營。

我看著來援的人們接連受傷，喵喵指揮著她帶來的朋友們不斷將傷患拉到後方治療，歐蘿妲的巨人與幻獸群不斷踩爛一個又一個惡魔，那些破碎的黑色肉泥卻又分裂滋生成更多細碎的惡魔，到最後，幾乎就像一大群飛蟲蟑螂般的體積往落單的人身上撲。

黑術師魅惑人心的聲音連結上我的腦袋，傳來話語。

「放棄吧，褚冥漾，你越掙扎只會害死越多人。」

你為什麼要害死這麼多為了你而來的朋友與無辜者們？

明明就是一句投降的事情。

歸順於裂川王，如此簡單的事情。

恍惚中，我看見黑術師越過空間，帶著震懾生命的一身黑暗力量來到我面前，這次不是可笑的人偶假體，是貨眞價實、百塵一族的黑色首領。

不論是陣地或是守護結界其實完全擋不了他，近萬年前的百塵首領隱藏的力量根本比比申惡鬼王還要強大，這瞬間不只是我，就連身邊的哈維恩都無法反抗，全身僵硬麻痺，眼睜睜看著黑術師高舉起一柄不會折射光芒的純粹黑刃，對著我砍下來。

然後血液飛濺。

我瞠大眼睛，有那麼幾秒反應不過來自己看見了什麼。

擋在我前面的人橫起長槍擋住黑刃，然而那柄雙屬性的幻武兵器從中被砍斷，黑刃落到持有者身上，巨大的衝擊力讓背對我的人整個撞上我，兩人一起摔飛出去，滾了好一段距離。

劇痛解開了身上的箝制，我來不及看自己被撞成什麼樣子，馬上連滾帶爬、全身發抖地去抓住摔在一邊的學長。「——學長！學長！」

不要嚇我！

真的不要嚇我！

血液飛濺的畫面和重柳留給我的背影幾乎完全重疊，我腦袋瞬間一片空白，根本不清楚自己還叫嚷了什麼。

直到一個巴掌打掉我的錯亂。

「閉嘴！」搧了我腦袋的人咬牙側過身，捂著肩膀翻起身。

傷勢沒有我想像的恐怖和嚴重，可能是幻武兵器本身夠強，黑術師的刀鋒只割裂了學長左肩一小部分，加上精靈的衣服起了保護，傷口被淺淺拉開了二十公分，黑色的血液不斷被往外推擠，沒多久便轉回正常的紅色鮮血。

長鞭甩過來，扯住黑術師高舉刀刃的手，夏碎學長點出十幾張靈符圍繞住百塵鎖，符文上出現的是天使文字與神聖力量，很明顯能夠猜測出是誰交給他使用。

另一邊，不知什麼時候摸到旁側的小淺揮出手，幾把黑色短劍插入黑術師周圍，形成一個五角形，黑色的力量拉出線框，沖天的黑陣居然沒有與天使靈符互斥，反而相互配合直接將對方封鎖在裡面。

「還不出來！」小淺叱了聲。

隨著女孩開口，纖細的身影自空氣瞬閃而出，早先不知哪裡去的另一位女孩從天而降，一掌將一個黑色術法拍在黑術師上方，術法拉出了八角形，形成剛好能囚禁一人的深色牢籠，怪異文字組成的鎖鍊快速捆到牢籠外圍，就算是我也可以感覺到這個封鎖術法力量的強大。

伊麗莎落到地面，朝籠子裡的人豎起中指。「老渾蛋，這次逮住你了吧，只會欺負這些小孩子算什麼男人，自卑見不得人的話要不要乾脆連雞雞都剪了！」

「邪靈！原來妳落到鬼王手上嗎！」黑術師周身炸出一層黑霧，然而這次直接被隔絕在牢籠當中。

女孩背著手，像是在看什麼珍奇猛獸般圍著牢籠轉圈。「你他媽才是邪靈，老娘可不屑你們這種用卑鄙手段的臭老鼠，想想自己幹過多少骯髒事吧，弄死別人的父母接著弄死別人的小孩……嘖嘖，眞不愧是和垃圾爲伍的渣滓，既然都是個垃圾，那現在把你閹了應該也沒什麼人會反對吧。」

我注意到附近有幾個人好像想要靠過去幫忙，連忙抬起手對他們搖搖頭，幸好一邊的學長也沒有撲上去，他就是看了眼被砍斷的幻武兵器，嘖了聲收起。

「沒事吧？」夏碎學長甩回鞭子，趁著女孩們牽制住黑術師時趕緊過來。

「小傷。」學長很隨便地抹了一把血，拉攏衣服，瞇起眼睛看著黑術師與女孩的交談。

伊麗莎說話的方式還是那麼囂張，帶著些微甘甜的女孩嗓音，然而我卻隱約聽見了似乎還有另一層聲音圍繞在她周圍。像是孩童的低嚎聲，也參雜著嬉鬧聲，形成一種既怪誕又詭異的不安氣氛。

純粹的邪惡之語。

「你們不是很得意嗎，千年之前做下的那一筆，到現在你們還在欣賞那些小孩子們的掙扎，只可惜啊……那是個敗筆。」女孩挑起眉，譏諷的眼神瞟向對方。「大敗筆啊，百塵鎖，弄死了你們的主要目標，也弄死了次要目標，勉勉強強只達成一個讓冰牙、炎狼退居歷史之後，換來黑暗同盟喘息個幾年這小成就；最好笑的是這一開始還不在你們預料當中，是個額外收穫呢。」

黑術師的氣息明顯改變了。

「唉呀，要說失敗，更久遠的還有一條呢，好像是你們想搞死某個一直在破壞牧場的精靈獵手，沒想到弄巧成拙，把對方弄成了獨霸一方的大鬼王，還僞善地去找人家合作，借用人家的名號吸收信眾，不覺得這很像什麼神棍嗎哈哈哈哈哈——」伊麗莎囂張地大笑了幾秒之後，有點調皮地衝著我們眨了眨眼睛，然後轉回。「好玩的是你們還眞沒想到人家能在獄界站穩腳步，得到黑暗世界的承認……」

「殊那律恩知道多少。」黑術師冰冷的口吻打斷女孩嘲諷的話語。

「看見本王站在此處，你還要問這種智障問題嗎。」女孩張開手，邪惡的聲音在她背後又放大了一些。「說吧，告訴這裡的妖師和混血精靈，千年前被襲擊的妖師一族到底是誰的指引，精靈的衰竭眞相又是你們玩的哪場好戲。在我邪靈之王伊麗莎的命令之下，哪怕你是墮鬼族黑術師，或是惡魔巴利克，甚至是那頭沒腦的黑山羊，都必須臣服在本王的絕對引語。」

暗黑的雙翼在兩名女孩背後打開，像是力量共鳴般發出了讓人悚然的空氣哀鳴，原先在附近嚴陣以待的白色種族散出恐懼氣息，不約而同退開好一段距離，就連周遭重新被設下結界的我，都可以感受到那種無法抗拒的邪惡壓迫。

話說回來，邪靈之王也還是邪靈啊，爲什麼剛剛還回嗆那句啊大姊！

我默默地在內心中吐槽了幾秒，耳邊傳來黑術師森冷的低笑聲，含著鄙夷與對螻蟻般那種討人厭的悲憫，大概從一開始他就沒打算隱藏，居然眞的開口回答伊麗莎的挑釁。

「精靈獵手確實出乎我們意料之外，他如果當時死乾淨一點就不會有後續的事情，誰教那小孩不安分，既然要活得如此痛苦，那也別怪我們繼續給他增添傷痕。」

再次嗤笑了聲，黑術師的視線轉向學長，我下意識站過去想要擋住這種超噁心的眼神，然後肩膀被人輕輕拍了下，彷彿是在叫我不用過於擔心。

「父輩們沒有將事情說清楚，我一直認爲是他們寧願自己揹負也不想讓我們涉入太多。」學長淡淡地開口：「如果今天沒有種種的連繫把所有事情兜在一起，造成現在這個結果，恐怕我還得眞等到精靈的百歲成年才能知悉眞相。」

「歷史長流、血色之路讓你突破限制，你似乎該感謝我。」黑術師不要臉地笑道。

「感謝個屁。」學長冰冷地噴了回去，「我等著把你碎屍萬段。」

「學長，你……知道了嗎？」我有點遲疑，不太確定從黑王口中那些得來的猜測和我思考的方向一不一致。

「你剛剛不是問了一個妖師一族的問題嗎，再問他一次。」學長按著我的肩膀，意外的是我竟然在這瞬間聽懂他的意思。

我有點發抖，咬咬牙問出剛才已經得過答案的問題：「……你們，是不是一直在跟監妖師一族，包括凡斯在內。」

「沒錯。」黑術師冷笑，大方地重新回答。

「所以當年妖師一族藏身之地被毀……你們早就知道妖師藏在哪裡……」如果當年透露出妖師一族所在地點的並不是我們以爲的那個人，如果當時……

假如那時候……還有我們所遇到的……

猛然驚覺我所想到的可能性時，我全身冷汗都冒了出來，雞皮疙瘩也抑制不住地豎起。

其實仔細想想，歷史如此驚人地相似。

那並不是只有先人才發生過的事情，而是在距離現在不久，如今的我們也同樣經歷過。

妖師一族的住處被曝光，遭到來自白色種族的襲擊與屠殺。

凡斯看著自己的族人死於精靈的刀下，白陵然看著父母喪生在時間種族的刀口中。

隱藏其後的告發者，卻是曾經同爲妖師一脈的墮鬼者。

細想關於千年前那三人的事情，當時安地爾回應得非常爽快，所以很直接地所有人都認爲這場災厄的元凶是他，並不會對後面的事情有過多猜測。

而且就我對那人的了解，確實他也會幹這種事情。

只是凶手從原先的一個變成兩個，故事也從單純改爲不單純。

當時如果不單單只有安地爾設下陷阱，而是另外一幫人也同樣做了手腳，那很顯然目標從頭到尾就是三王子和凡斯兩個人，所以才會連帶如此剛好地在戰爭中準備好黑火淵的毒，剛好地讓所有人反目成仇，不留餘地。

就像他們引導時間種族去屠殺白陵本家，如果當時然和我們的年紀更大一些，我們力量能夠更強一些——

我們絕對會在當下進行對時間種族最強烈的血腥報復。

甚至那名日後跟著我的重柳都不可能會活下來。

然而當年妖師本家最終並沒有引發這場血腥衝突，然選擇暫時吞下仇恨，保全還活著的人，沒在那時候發動復仇戰爭。

是因爲他的凡斯記憶嗎？

凡斯那時是不是也發現了些什麼？所以擁有記憶的後人才會有此判斷，並隱忍這麼多年？

當時分裂或搶奪凡斯力量的人，到底是真的來不及轉化掉他的力量，還是刻意要將這些力量送到後世？

我突然發現，原來我眞的知道得太少、太少了。

腦袋一片混亂，身邊的學長與黑術師的對話再次傳來。

「你們最開始的目標並不是我父親，而是妖師，你們一直在尋找一個能讓妖師一族重返世界的導火線，可惜數千年前的戰爭中，妖師首領並沒有出面，雖然不清楚他們當時遇見了什麼。取而代之的，是精靈獵手平空出世，消滅掉大量食魂死靈，你們不得不設下陷阱去襲擊他，沒想到精靈獵手竟然會使用古代大陣，讓你們折損了一枚極爲重要的黑暗碎片。」說到碎片時，學長好像不著痕跡地看了眼小淺。「應該也就是這時候讓你們盯上冰牙族吧。」

百塵鎖好整以暇地看著學長，帶著點戲謔鼓勵的口吻：「不錯啊，小輩能向上追查到這些連在時間之流中都被消抹的痕跡。」

我聽到一陣巨響，山腳下，重新恢復成本體模樣的西瑞撞上黑山羊，兩隻異獸在滂沱血雨中衝擊彼此，竟然一時之間僵持不下；而周遭的妖魔像是被砍光的稻草，全都變成了七零八落的屍塊，不遠處的九瀾已讓幻武兵器成爲可怕的二段形態，正在消滅新一波想要越過雷池的妖魔鬼怪。

不少守護陣法已經破碎，有些人根本只在自己身上施加保護，頂著大雨和那些高階妖魔、鬼族廝殺。

來援的幻獸也有很大一部分沾染上血雨，踩踏著魔獸，撕碎鬼族。

這場我原本以爲是保護家人的戰爭，超乎預料地慘烈。

當下，我也沒有想到我會在這場戰爭中做了一個到後來還是很後悔的決定。而此時的我，站在戰爭的中心，試圖想要幫上些什麼，卻發現力量依然很微弱，且周圍全都是純淨的白色種族與術法，想要運用恐怖的黑暗力量也會遇到相斥。

我無法像小淺他們將術法調節得那麼好，只能驅使小怪互咬，或是簡單地操控食魂死靈，然後焦急地聽著學長他們的對話。

「冰牙族遭受重創之後，因爲鬼王的關係，你們發現三王子並沒有那麼排斥黑色種族，相反地，他是位能包容一切的精靈，所以當他碰見凡斯、或是凡斯如何碰上他，這其中還有多少貓膩，大概也只有你們自己知道。」學長停頓了幾秒，似乎不是很願意去揭開更多瘡疤。「安地爾爲什麼會這麼剛巧碰上精靈與妖師，是真的碰巧嗎？」

「哼，那東西的去向和我們無關，你相信也好，不信也罷，他在搞什麼鬼，你們應該自己去問他。」黑術師否認了和安地爾的合作，但是後半句又讓那鬼東西與事情牽扯不定。

於是學長跳過鬼王高手所扮演的角色。「隨後，妖師與精靈因爲妖師一族遭到屠殺而翻臉相向，同時鬼王對白色世界發動進攻，抹煞大量生命，這其中促使了白色種族聯軍誕生，然而也推動了妖師帶領的黑暗軍隊血洗世界，這場戰爭就像被預先規劃好的一樣，凡斯很快就帶上大批軍隊回頭復仇，這應該符合了你們的上半計畫，而下半計畫……」

「讓妖師殺了精靈，然後發現事實。」黑術師接下學長的話，笑出聲：「褚冥漾，聽懂了嗎。」

「……爲什麼一定要殺了他。」我咳了聲，突然覺得自己的喉嚨很乾，好像有看不見的手扼緊自己要害，而且學長一直抓著我肩膀的那手掌很炙熱，燙得我都快縮起身體，渾身冰冷得想要躲避。

我不希望事情是我猜測的那樣。

眞的不希望。

「那是祭品啊，孩子。」

百塵家的首領張開手臂，彷彿長輩敞開了懷抱，想等我們這些迷途的晚輩回歸。「你們不瘋狂，怎麼可能徹底成爲黑暗？」

我猛然退後一步，怕得躲開了學長的手。

「這才是精靈必須死的原因。」

黑術師笑了。

「褚！」

腦袋猛然刺痛了下，我瞬間從恍惚中回過神，看見血色眼睛，霎時驚覺到又被黑術師牽引了思考，腳軟到差點站不住。

學長扯住我的手，神情凝重。「無論如何，不要輸給他，別輸給過去的事。」

「不不……不……」我連忙搖頭，感覺腦袋亂成一片，一時之間不知道該怎麼辦，只能顫抖地縮回手，但是被對方緊緊抓住，怎麼都抽不回來。

一直在旁側的夏碎學長見狀馬上攙著我。「冷靜點。」

百塵鎖的聲音還在我的內心迴盪。

我想起重柳死去的那瞬間，想起了老媽躺在水晶棺被攻擊的那瞬間。

接著我，赫然驚覺了伊麗莎先前說的那些「失敗」是怎麼回事。

——凡斯並沒有瘋狂。

他發現眞相之後雖然崩潰了，但是並未發狂，沒有完全沉淪黑暗，反而最後死去，還被安葬了起來。

所以他才不肯安息，才會一直徘徊在冥府與時間交際處把自己撞個粉碎，他還發現他手上那柄刀——

「你們逼死了凡斯，讓他在絕望中粉碎自己的靈魂，最後也沒有放過三王子，讓他帶著詛咒和毒害痛苦地離世。」緊抓住夏碎學長的手，我用盡力量才發出聲音。「做了這些事情，又不放過然，殺了他們全家，還屠滅妖師本家……現在……」

現在是我？

這就是他們頻頻對我身邊人下手的原因？

因爲我還沒瘋？

我還沒徹底墮入黑暗？

「你們有病嗎！你他媽全都有病嗎！」

憤怒湧上來之際，一股莫名的力量突然支撐住我原本還在發抖的腳和身體，我衝著黑術師抓狂地大吼，黑色力量無法遏止地炸出。

等我意識到我把夏碎學長撞開好幾步之後，我整個人慌亂不已。

「對不起，我不是故意的……」

我看見夏碎學長手上被黑色力量割出血痕，連忙縮起身體退開幾步，強烈的憤怒讓我無法及時收回黑暗，手足無措了起來。

「褚，沒事的，不用擔心。」夏碎學長溫柔地勾起微笑，像平日一樣的談天語氣：「你不須要害怕，你並沒有做錯什麼，沒有傷害到我們。」

「笨蛋，先冷靜下來！」學長一把抓住我的手腕，冰涼的氣流順著指尖流進我的身體裡，莫名地我真的稍微冷靜了一點。

愣愣地抬起頭，我看見黑色力量在我們周邊打著漩渦，像是渴求血液的刀刃，危險地繞著我身邊的人。

「你不是不想變成他們想要的那種人嗎。」學長扯回掙扎想逃開的我，直接把我拖到他面前。「活下去啊白痴，你不是最怕我發飆嗎，不想被我打死，就別把別人強加的事情扛在你頭上，不論是凡斯還是我父親，都是受害者！你到底在怕什麼！」

我怕什麼？

我怕我眞的害死所有人！

你們並不是祭品！

「我不想你們……」

猛地睜大眼睛，我看見突然出現在學長身後的重柳族，想要提醒已經來不及了。釋放出來的恐怖力量最終還是引來對我們憎恨至極的獵殺者，我用力推開學長，那瞬間，只感到胸口好像著火一樣，熊熊燃燒了起來。

痛楚在幾秒後整個擴大，我抓住破開的前襟直接跪在地上，想要用力喘氣卻發現空氣完全進不了肺部，痛到快要窒息。

重柳族第二刀要落下時，夏碎學長甩出鞭子，同時我看見哈維恩也撲上來，撞開襲擊我們的白色種族。

我覺得我好像都可以摸到自己的骨頭了，眞的骨頭，沒有包著皮肉的那一種。

如果可以選擇，我眞希望重柳族可以直接把我劈暈或劈死，這樣沒有失去意識眞的很難受，而且他們刀上還有什麼亂七八糟的詛咒，術力侵襲身體的噁心感讓我快要吐出來……不，我是真吐了，只是吐的是大量鮮血。

恍惚間好像有聽到誰在喊醫療班。

「活下去。」

這三個字傳進我的耳朵裡。

從來到這世界後，好多人都這樣跟我說過。

即使他們都知道我不是什麼正經的白色種族，他們還是都叫我「活下去」。

我流下眼淚，模糊之中勉強睜開眼睛，看見學長那張漂亮的臉離我很近，我差點就覺得死前看著這張臉好像也不是什麼壞事，畢竟最初我們見面時，我還覺得這死神真的很好看呢。

正等著人生最後的跑馬燈及好久不見的阿嬤來接我，卻突然發現身體沒有剛才那麼痛……應該說痛苦減緩了。

眨掉幾滴眼淚，我的視線竟然真的開始清楚起來。

我愣了幾秒，這才發現學長一直抓著我的手腕，他微低著頭，冷汗從他臉頰邊掉落。

鮮紅的色彩從他的胸口綻開。

那瞬間我整個人都怔住了。

很久之前，學長說過他的治療術法其實並沒有那麼好，所以他精通的不是高強的治癒術。他學的是轉移。

「笨蛋，你倒是不要去捱刀啊。」學長按著胸口，喘了幾口氣，「他們針對的就是黑色種族，砍上去傷害會加倍，你傻啊！」

重柳族刀上的死咒離開了我的身體，倒流到另一人身上。

「放、放手……放手！」這次我眞的怕了。「放手！快放手！」

「放手啊——————！」

《特殊傳說Ⅱ恆遠之晝篇．卷九》完

番外．其九、笨蛋

當時的我仗著自己的力量跳過這點，所以才會得到那種懲罰。

他自一片黑暗中睜開眼睛。

首先映入眼中的是與先前住所截然不同的廣闊藍天，帶著芬芳的綠草正散發出嫩芽的新鮮氣息。

他們原先所住之處雖然也有，但沒有如此寬廣。即使那裡的王者極力避免，他跑去找其他長輩時，還是經常聞到帶著血腥氣息的空氣，以及父母身上越來越明顯的死亡氣息。混雜交織在一起的氣味，其實就是他童年最熟悉的味道。

風精靈吹拂過溫柔的香氣，在他身邊停留了半晌，爲這混血精靈幼子的狀況嘆息，片刻後又隨著風前往下一個命定之所。

他抬起手，雙手手掌貼著雙眼，異常冰冷的掌心下乾涸一片，如同他的承諾。

「沒事的，我不會哭。」

稚嫩懵懂的聲音代表了他目前什麼也做不到，唯一能承諾的就是不害怕、不哭泣，即使只有自己一個人也會勇敢地面對未來。

無論如何，他都能夠忍耐。

他並不想溫柔的父母回到主神身邊還要因爲他的哭泣而無法安寧。

身後傳來聲響，他放下手，轉過身，看見的是傳說中領導偉大兩族的王者們，一冷一熱、一赤一銀，高大的身影並肩站在不遠處。

沒有派親信或是子女，而是他們親自前來……

高大、帶著火焰般灼熱氣息的狼王快步迎上，他還沒反應過來對方要做什麼前，突然收到一個大大的熊抱。雖然動作看起來似乎很粗魯，但對方其實非常小心，好像捧了個什麼易碎陶瓷，不敢放手也捨不得放手。

「外公。」靠在男子的胸膛，他抬起頭，對方粗獷的面部輪廓雖然飛揚，但好像傷心得快忍不住淚水。於是他抬起手，摸摸對方的臉和下巴。「母親說，她很幸福的，希望她深愛的任何一位都別爲她哭泣，只須笑著記得她最美好的時光。」

男人吸了下鼻子，用力地在懷中孩子頭上蹭了蹭。

上午，他們所有人心中的兩位摯愛永遠沉眠在月凝湖了，因爲身體因素，被遺留下來的孩子甚至無法在純粹力量的空間待太久，只得先行離去，在這裡等待大人們即將告訴他的宣判。

小小的手上，左邊是火焰般幾乎燃燒起來的紋路，右邊卻是沉靜優雅且帶著冰冷無語的銀白色圖騰。他身體內兩股無法協調、時不時彼此衝擊的力量，以及與生俱來的詛咒，雖然有「那位」與其手下許多高強黑術師精心地替他製作抑制術法，卻還是難以完全克制。

狼王抱著孩子，將小小的臉按在自己身上。

冰牙的王者看著草原的另一端，那是衝過保護結界、前仆後繼闖進來的殺手追兵，不論是地下殺手或是鬼族，此刻全都毫無差別地變成屍塊散落一地，還有大量零星火焰正在燒禿一小塊草皮，以及未融、七零八落插在各處的碎冰柱。

原先隱藏在暗處的守護衛兵傳達消息，說有邪惡勢力使用空間法術傳來這些獵殺者，但他們還沒來得及出手，這些刺客就已被剝奪生命。

造成這一切的小凶手好像沒受到什麼驚嚇，神色自若地從狼王懷抱中抬起頭。「外公不用怕，這些是『追殺我的人』，獄界裡也好多。深說那是耶呂鬼王黨的遺毒，我不害怕他們，我會讓他們消失。」

狼王探測了孩子身上的力量，皺起眉，轉向後頭的精靈王，對方也朝他微微點頭，兩人無聲中的默契，都明白彼此的看法。

混血孩子繼承父母雙方的力量已經很罕見，還同時擁有直傳的血脈力量，難怪當時獄界那孩子憂心忡忡，這連想要放在身邊好好養護都很困難，更別說想帶回冰牙族或是燄之谷，只要一不平衡好，純粹的環境就會毀了這幼子。

男人困難地清了清喉嚨，開口：「小乖乖，外公得……把你送去一個地方，你必須在那邊直到成年了，才能夠回家，在你成年前無法主動回來，你能接受嗎？」如果可以，他並不想自己來告訴這五歲不到的孩子這種讓人難以接受的事情，但他更不希望由無關的旁人通知一般地口述報告。「外公和旁邊的傢伙會傾盡我們能做到的一切，讓你在那地方得到照顧……那幾位能護佑你的生命，延緩詛咒。」

孩子愣了一下，然後乖巧地點點頭，已經接受隨即而來的各種命運。

「對不起，外公什麼也做不了……」

他不太明白狼王爲什麼要道歉，如同當時在獄界時，「他們」也說過類似的話；但是這並不是他們的錯，不應該道歉。

父親在回到主神身邊前做了很多祈禱，唯獨沒有責怪任何人，只說全都是主神的旨意，不論如何他都欣然接受，並囑咐他要好好照顧其他人。

他的年齡還沒大到能理解全部事情，僅能記住父母說過的所有話，直到能完全瞭解那日。

不過即使未來再怎麼晦暗，他也不會哭的。

在獄界時，每個人都沒有流淚，因爲那沒什麼用處，更救不了誰，就算父母生命將至，他們也還是微笑著度過每一日。

有些笨拙地再次抬起手，拍拍狼王的臉頰。「請放心，我不會害怕，我會好好的。」

狼王沒有回答他，只是似乎更加用力地抱著他的手，然後像是要給予承諾般堅定地開口：

「等你成年，我們一定會將你帶回來。」

※

他再次睜開眼，是某場任務受到創傷後。

被送至無殿的這些年來，雖然那三位將自己保護得很好，認以爲師的人也竭盡全力地將所知全教授給他，讓他在極年少時便超越同齡大部分人，帶著一身限制碾壓各方派來的殺手和挑戰。

然而越過時空在未來生存並不是那麼簡單，除了要調整身體習慣歷史軌跡，且前後差距千年人事已非，曾在父母口中聽來的許多事物也早已滄海桑田，父親來不及處理、那些小小的承諾，在他所知範圍內，他盡量追隨父親的腳步想替他完成，只是要找到千年後已變遷的各種事物不是那麼容易。

所以他還是必須離開保護，一來到外界就是各式各樣的黑色殺手追隨而來，即使過了千年，抹滅了他的名姓躲避歷史與各種追蹤，痛恨三王子的邪惡後裔猶存，伴隨著妖師的詛咒經常在黑夜深處撲襲而出，防不勝防，直到後來根本讓人煩到火大。

就這樣跌跌撞撞地進了師父與他友人們一手創立的學院，為了得到更多情報、進入更多限制區域而踏入了公會。他的脾氣很不好，因為種種因素——許多關於父母的事情還未釐清、他還不夠強大……任何一件事情都足以引動焦躁，這也令他在執行任務與一些不想忍受的事情上變得越發凶殘，讓人根本想像不到他另一半血統竟會是溫柔優雅的精靈。

幸好他的現任搭檔是個水一般脾氣溫和的同齡少年。

雖然弱了一些，但也為了自己的理由拚盡全力並賭上一切要成為強者——發現這搭檔其實有點囉嗦則是日後相處時的事情了。

開學前夕，處理某件危險任務時不小心著了道。這些年來因為快速晉升袍級也提升了實力，黑袍以下的任務其實已經不太棘手，加上自己與搭檔各自的意願與需求，他們大多是接手學生袍級範圍中高危險的指派；不過因為有醫療班和情報班全力配合，危險度太高的任務還會有資深黑袍出手，眞正面臨重大危機的次數倒也不算太多，沒想到此次的情報出了問題，危險度大幅提高。

就這麼受了傷。

任務出發前，煩人的董事親自找了他，讓他接下妖師後裔的代導人事務，看過個人資料與親自見過本人後，發現是父親友人的後代血脈，加上那些有的沒有的預言，最終他還是接下這份可能會影響很多事情的工作。

隨後他發現了這妖師一族的少年問題眞的很多。因爲受傷所以他託請友人幫忙將人帶入學院，沒想到對方竟然會因爲害怕而錯過學院開門的時間，他只好帶著還未痊癒的身體跑這麼一趟，這才發現這傢伙簡直是個戲精。

不是白蓮花刻意演戲那種，是眞的內心戲多到完全呈現在臉上的天然內心戲大王。

當時代導人任務指派下來時，自己還覺得是命運的指引讓他見到了妖師後人，可以延續父親的希望，眞是腦子傻了。

「這東西」眞的能夠帶來什麼改變嗎？

完全不知道守世界與過往糾葛的妖師少年簡直單純得像張白紙，隨便一件事物就能讓他大驚小怪很久很久……爲了監管他是否能克制妖師力量而連結的腦中意識，時不時都被塡滿了大量無意義的廢話，讓他這些年已經很火爆的脾氣火上澆油，恨不得把這只小自己一歲，但根本像個腦殘幼童的高一生搥破腦袋。

妖師一族到底怎麼養小孩的？

把小孩養成笨蛋真的可以嗎？

他們這族不是經歷過上千年被追殺的生活？

到底爲什麼完全沒向他透露過另一個世界？

不是他要看低這傢伙，只是他從來沒看過剛踏進這世界的人能夠一天到晚，嗯……腦部高速運動，而且想的還不是盡快融入世界並保命，是各種準備身後事和無意義的鬼哭神號。

他要死的話能不能安安靜靜地去死個？

看著學弟又在哪裡自滅時，他真的滿心問號，無法理解妖師一族內部到底出了什麼事，竟然可以讓個直系子弟真的活得像普通人類一樣，沒遇過追殺、沒遇過逼近臉前的邪惡，也沒遇過閉上眼入夢鄉的下一秒，惡鬼的刀刃就已抵在喉嚨的凶險。

那少年被太過疼惜了，什麼都沒有遇過，與他全然相反，就像個懵懂無知的嬰孩，第一次觸碰未知世界，對所有見到的事物充滿驚奇，也不主動懷疑種族的居心，更對身邊的同學一點戒心也沒有，爲了自己終於有朋友而認真開心著。

眞是……笨蛋。

同爲揹負鮮血的後代，他卻愚蠢得近乎純粹。

「也或許是因爲你太過嚴厲。」看出他心事的搭檔微微笑著，手卻很黑地在惡靈身上拍下術法，直接讓不知悔改的幽暗邪惡碎散成粉，連靈魂都蒸發殆盡。「赭是個很好的孩子，沒有任何威脅。他的族人眞的將他照顧得很好，不讓他牽扯進血海恩怨裡，至少庇護了他得以無憂成長，這是很多人難以得到的。」

是的，沒有任何威脅。

這也是他身邊很快就聚集了一群對他好奇的種族們的原因。

種族與種族之間，種族與人類之間，無論再如何掩飾仍會對彼此產生天生的戒心與防備，更別提有些還是交惡、對剋的關係。每年開學時，光看那些學生鬥毆致死的數量就能知道，很多種族千百年累積下來的恩怨不是那麼容易消解，即使來到最開放的學院，年輕一代依舊會交惡互鬥，得花很長一段時間相處並理解，才能慢慢化解這道高牆。

然而那少年並沒有這些問題。

他受盡了大小驚嚇，卻很單純地佩服每個人的強，不管遇到誰，都帶著艷羨與驚奇的目光，非但不會令人不舒服，反而還有種好像看見誤入野獸叢林的呆萌初生小動物的感覺，連一絲惡意都沒有。

這種單純讓那些常年沉浸在種族鬥爭中的學生感到奇特，且願意放下心防對他伸出援手。

雖然在他眼裡看來，就是個愚蠢的笨蛋，連浴室都不敢進的小腦殘。

但無法否認，對於這種太蠢的呆愣目光，他偶爾也會想要捉弄一下，看小動物恐懼炸毛的樣子多少能夠調劑身心，好繼續面對纏繞在自己身上的詛咒和束縛——更別說這詛咒還有一半是拜對方祖先所賜。

力量失衡與詛咒重燃的痛苦在十多年的生命中不知折磨過他幾次，他也捱過來了，現在有個愚蠢的後代送到面前，收點利息應該是在合理範圍內。

恨過妖師一族嗎？

說實在話，沒恨過是騙人的。

幼時無法歸家，無論燄之谷或是冰牙族都成了最陌生的故鄉，甚至還來不及感受父母曾向他描述過的那些熱鬧與美好，他就必須遠離這些，被託付到他人手裡。為了不讓力量失衡，必須被監管身體，爲了不讓詛咒爆發與歷史偏軌，連眞實姓名都須抹除隱藏。夜深人靜時，他會因爲力量不時失衡與死咒發作疼得差點死去，身邊卻一位至親都沒有。

所以，沒恨過是不可能的，就算再怎麼明白過往的事，也知道黑色種族身不由己，但說沒有芥蒂是絕對不可能。

幸好他在很久之前就已經讓自己放下那份恨意，殘留的那些不滿，就直接搧到那笨蛋的後腦袋上，以免他眞的哪天一不留神幹下什麼恐怖的事情，愧對那麼多人給他的無憂環境。

另個原因，估計是他十多年的歲月中不是在學習，就是在執行高難度任務和打退殺手，壓根不知道怎麼帶這種小孩，只能反射性先揍再說，反正打下去對方就會自我反省，省事很多。

而且這傢伙，眞的是他有史以來看過最蠢的笨蛋了。

沒膽、沒自信、沒實力，還常常沒腦袋。

命運會因你的決定而改變你們的……

他想起董事那天交付代導人資料時說的話。

眞的會因爲這種蠢蛋而有所改變嗎？

總之，他是不怎麼抱期待的，一直以來他都只要倚靠自己就夠了，對這種俗稱抖萌的傢伙還是不要有太多冀望得好，頂多就是希望他長大後不要成爲邪惡的亂源，好好做人就行了。所以眞正的代導人工作，顯然就是引導他不要誤入歧途，即使身在妖師一族，擁有眞正的力量，也須站在世界允許的一方。

他突然有點明白爲什麼妖師一族會讓這傢伙生活在普通人類世界了。

或許妖師一族經過長久被迫害的生活，只是希望跳脫在外的族人能享有片刻的單純與寧靜，不要像他這般生活在殺手與種種威脅下，不管身爲什麼種族，這或許就是父母最希望的事情吧。

他在幼時得了五年，這傢伙十六年，算一算也是公平了。

大競技賽時，原先學校沒打算讓那笨蛋這麼早下去蹚渾水，畢竟實力不夠，能取代他的人一抓一大把，況且學院裡能影響世界的重要種族太多了，認眞來說比他有需求的人員其實不在少數。

「你眞的要這麼做嗎？」看著後備人員申請表的搭檔露出了一絲不安的神色。「褚的力量過低，我不認爲他能應付競技賽檯面下的手段。」

「眞巧，我也不認爲。」他冷笑了聲。

學院競技賽是每隔一段時間就會舉辦的各大學院聯合競賽，出發點是爲了讓各學院藉此機會了解彼此所長，期間也鼓勵不同學院進行交流，以各種族新生代爲基石來加強聯繫，破除隔閡的友善競賽。

然而，也就是精銳盡出，邪惡才更不可能放過這個襲擊學院菁英的最佳機會。

每屆競技賽的選手必定都會在檯面下遭受來自各種邪惡勢力的攻擊，不論是眞正邪惡或是被利益引誘矇蔽理智的那些人們，幾乎防不勝防。所以在一般參觀者與學生們看不見的地方，每個學院都準備得戰戰兢兢，還必須向公會借調大量人手在整個賽季中進行保護；就連他們這些參與競賽的袍級也全都被派給任務，必須在整個賽期中全程注意台上的各種狀況。

「那你爲什麼……」他的搭檔憂心地蹙起眉。

「時間不夠了。」他看向手邊，那封蓋著隱隱黑暗家族族徽的信箋在空氣中散化成灰。「至少先藉這機會幫他奠定一些認知和基礎，他家人似乎也是這麼希望。」

紫袍深深看了他一眼，原先想說點什麼，最後還是沒有說出口。

這次的大賽雖然凶險，不過也算是順利收場，除了某些遺憾。

那笨蛋應該在這次成長不少，遇事估計能夠穩重成熟點了……吧？

算了，也有可能是他的錯覺。

至少在這短暫時間裡，再給他一些裝死的空間好了，畢竟當個憨蠢的小動物也不容易，最起碼在學院中還有很多人能幫他擋住那些災厄。

原先是這麼認為的。

就是沒想到兔子急了也是會咬人，這笨蛋因為太過無知，氣跑後直接墜入鬼族的陷阱。氣急敗壞地要去逮那傢伙，才發現原來還是個也針對他的雙重陷阱，看來他不用說別人，自己就眞的是安逸過頭了。

畢竟在學院與公會中有雙重資源與保護，眞正致死的危險任務幾乎不會發派給學生袍級，加上和實力比較尋常的學生們混在一起久了，有時覺得其實很多事情自己處理也無所謂，連那些預言與建議都沒有好好聽從，竟然就這麼掉以輕心犯下狂妄的錯誤。

明明是最明白千年戰爭帶來哪些傷害的人，居然也在這段時間中草率結束自己的生命，那一瞬眞的有種不知道該如何向父母交代的感覺。

最終還得看那笨蛋充滿愧疚和滿是眼淚的神情。

所以說，哭有什麼用，既無法增強實力也無法在最重要的時候救回自己身邊的人，只能看著他們受盡痛苦，然後在心中永遠留著遺憾。

只是看著對方那張擔心受怕的臉時，他突然想到，他究竟有沒有善盡過代導人的職務？這笨蛋到底有沒有在學院裡好好地學習他該知道的事情？

再怎麼說，這傢伙也是剛踏進不同世界的人，他似乎也不應該太過於嚴苛，從零開始的新生原本就要花很多時間適應……罷了，今後應該會有其他人引導他。

分別之前，他將那封印藏匿起來的名字告知了對方，然後給予祝語。

或許算是有點多此一舉，不過他想著，如果日後這膽小的笨蛋成長了，回憶起剛踏進學院的那時，想埋怨個誰，至少還有個名字可以抱怨吧。

而且，多一個人記住這個父母給他的珍貴名字也好。

才不會眞的在世界上活得毫無痕跡。

⁂

再次睜眼，是他自以爲已經死亡的時刻。

一身被精心植入的毒素，來自於鬼王高手的陷阱，原本應該是要讓另一位黑袍在最後關頭將他的靈魂連同屍體一起毀去，這是公會的標準流程，以免屍體與靈魂落入敵方手中，藉此利用造成更大的傷害。

這時的狀況，就是公會最想避免的惡劣情形。

周遭環境已不是當時危險的地方，而是個他連看也沒看過、感覺不出有什麼生命氣息的石窟——真的連一根草、一隻小蟲子的生命都無法找到，連空氣都是死寂般的靜默，聽不見任何大氣精靈的聲響。

「你畢竟是亞那唯一的孩子，另外那小孩是凡斯的直傳後代，還帶有他的力量，我怎麼會眼睜睜看著你們消失呢。」

坐在另一端的鬼王高手半靠在鋪著柔軟皮草的大石椅上，好整以暇地投來這幾句話：「不過你和亞那比起來真是差多了，至少他的脾氣就沒你這麼大，他迷糊犯傻的時候居多。」

脾氣大也不知道拜誰所賜。

他懶洋洋地瞇起眼，看著裝腔作勢的鬼王高手，既然已經落到這地步，也就只能看對方現在想玩什麼把戲了，反正他是不會期待這人把自己完好如初地送回公會或學院。

「我記得你以前還滿害怕我的，什麼時候開始也會用這種眼神看人……算了，你和褚冥漾一起回來吧，起碼不用像現在一樣白白送死。」鬼族從旁邊的小石桌上拿過一個杯子，指腹在杯身輕輕地蹭著，然後語氣幾近溫和地說道：「殊那律恩做得出來的安逸空間，我也可以。」

他突然有點想笑了。

這個把他們搞成這樣的元凶之一是在說什麼鬼話。

「什麼叫『回來』。」伴著血腥氣味的冷哼微弱傳出，他吸了口氣，強撐起精神。「你以爲你是誰。」

竟然還敢擺出一張長輩的臉嗎？

眞是渾蛋。

渾蛋鬼族還跟著笑了，「至少你們在我的地方會很安全，世界傾覆和你們完全無關。」

「你當我們是紀念品嗎，想擺哪裡就哪裡。」如果不是因爲現在無法動彈，他眞想直接對著這傢伙頭上踹一腳，讓腦子不清楚的鬼族清醒清醒。「……哼，我的身上有守護限制，即使你想利用也無法，勸你盡早銷毀吧。」除了公會放置的術法以外，他的故鄉兩族與獄界也早就設置了各種保護這個身體的法術，就是避免這種狀況發生。

鬼族走到他面前，蹲下身，居高臨下地俯瞰著完全動彈不得的獵物，勾起一絲奇異的笑，扯住他的頭髮迫使他抬起頭。「如果你要這麼認爲也是可以的，畢竟你們是亞那他們的後代，算是個紀念吧。不過強求的東西太沒意思，還是等你們自己乖乖回來比較好。你說，我拿你去釣凡斯家那小朋友，會上勾嗎？」

「你少打那笨蛋的主意……他沒那麼蠢……」

「誰知道呢。」

鬼族哼著奇怪的小曲，似乎心情很好地將手覆蓋到他的眼睛上，帶來完全的黑暗。

後來，神經病鬼族為了繞開身體與靈魂的禁制，強行剝離了靈魂與身體，並只使用其中一種種族力量以規避原生血緣力量的衝突與失控。

不得不說，他覺得曾為醫療班的鬼族還是很有一手，竟然真避過了那些守護術法進而利用他的身體，難怪可以甩飛各路追殺數千年，在獄界反覆穿梭各勢力至今都不死。

隨即，比申推動了蠢蠢欲動的第一波勢力發動入侵，打算摧毀作為基石存在的學院，從那裡打破一個連接口，直接佔據所有資源成為鬼族在守世界的首個基地。

這場戰爭結束於各方的支援，以及驚動到他稱為師父的那位存在，也因此他從原本已有覺悟的死亡當中被拉了回來。

「愚蠢！」

靈魂被接回、師父接受越過並插手世界的懲罰時，不輕不重地給了他責備的話語。

確實，在學院過了太久舒適的生活導致自己危機意識降低，這件事情從一開始他的應對方式就有問題，如果多相信其他人一些，便沒有必要落得這種下場，所以自己才會搞成這樣。

「你年紀尚輕必有思慮不足處，原本就不該衝動胡爲，這段時間，便好好自省吧。」

隨後他被送回公會。

當時鬼族使用強硬的手段分離靈魂與軀體，於是善後工作也特別多，醫療班幾乎精銳盡出了，好不容易才勉強重新把狀態穩定下來，同時與故鄉兩族協調，想在之後情況允許時，繞開一些原先的限制約定，將他送回族裡得到更好的調整。在那之前，他只能像個標本一樣好好靜養和修復被剝離時受到的傷害。

其實看起來很蠢，但也只能接受這蠢樣，因爲是他自己犯蠢的報應，就像那笨蛋一樣。

不過有時候，也怪不得他想敲那笨蛋的腦子。

從監聽開始，他就覺得那傢伙的人生過得莫名其妙，他的腦袋至少得負責一半——完全沒見過這種拚命咒自己倒楣的笨蛋，很多時候會發生怪事情，根本都是溢出的妖師力量在推波助瀾，他越是誠心覺得會發生，就眞的發生一堆。

這笨蛋到現在還沒把自己活活折騰死應該是妖師一族某些時候做了功德，滅族了都沒燃燒掉這份力量，然後被這後代子孫莫名其妙地用來保命了，特別是在契里亞城事件發生後，他越來越這麼認爲。

「你知道無論夢連結與代價支付再如何穩固，按照你的狀況要做長時間連繫，還是會對靈魂有所損傷吧。」在夢連結中，因爲擁有此能力但本身其實並非很強的種族有些冷淡地開口：「嘛，反正你種族生命也算長，隨你開心吧。」

看著中介點，他突然有些感觸。

如果當初沒有那個笨蛋到處亂跑多管閒事，又或者不是因爲他人生走太歪，是不是他們也不會認識那麼多其他人，導致未來的方向與現在不同？

那笨蛋確實是改變了某些可能。

這段時間他透過夢境方式一邊收集外界狀況，自然也看見那笨蛋在外頭跌跌撞撞的情形，好幾次都讓他突然想起對方其實就是個初來乍到的一年級生，對這世界幾乎完全不了解，敢面對鬼王那一戰，又走到今天的地步，算是挺有種了。

所以果然是他太嚴苛嗎？

不不，那傢伙如果不看緊一點，隨時有可能葬身在接下來要面對的事物上……說不定不用面對，就在路邊突然死掉了。

想起從小到大面臨的邪惡追殺與交手過的一切，他皺起眉，覺得還是不能輕鬆放養。

或許，這次回「故鄉」後，能請「他們」協助調整那笨蛋的整體狀況呢？好讓他別那麼容易死在街頭。

接著就是計畫趕不上變化。

他還真沒想到對方回學院後，竟然沒有被陰影事件嚇傻，更從學院和公會手中出逃，跟著他的搭檔一起進行了逃亡之旅。

其實那笨蛋的心臟根本很大吧。

正常十多歲的人類青少年會在接連遇到死亡事件後還可以神經正常地與朋友逃離安全的學院嗎？

因為擔心他？

他其實並不覺得自己有什麼好擔心。

即使在旅途中遇到危機，也很快會有救援前來，不用他們這樣冒冒失失地趕過來。不是他要自己說，畢竟他好歹有著王族後裔的身分，公會或同族不會真的眼睜睜看他們蒸發在世界上，更別說同行的還有另一位王子。

然而逃亡這件事情，他的搭檔也有一份，實在是不能說什麼了。

而在這次出逃，他們又誤打誤撞揭開了各種事情與內幕，發展之精彩，讓他都開始感嘆妖師詛咒真的名不虛傳。

好好一個人把自己咒成這樣，根本前無古人！

妖師一族如果哪天真的滅了，他很懷疑說不定就是滅在某人的腦子上。

真是的，比起擔心他，那笨蛋還比較讓人擔心。看樣子，是用了古代大陣的後遺症沒有好好治療，那些屬於對方的黑暗力量正在悄悄地啃蝕著他自己。

這隻剛進學院時，蠢得像被丟在路邊等人領養的小狗，什麼時候開始也想把自己的狀況藏著躲著。

只是怕被排擠嗎？

那時拽他去唱歌，不就是想跟他說真正會陪在他身邊的人是不會因爲這樣就拋棄他的嗎？腦子做什麼用的，這點事情都不會好好想一下。

手癢，想砸笨蛋的腦殼。

當代導人養成的習慣眞可怕，有時打久了無聊還能換個方式打，訓練那笨蛋的閃躲反應。嘆了口氣。

所以說，帶小孩眞的很麻煩。

超麻煩。

※

他自光明中睜開眼時，那天並不是什麼特別的日子，只是很平常的一天。

就像尋常剛睡醒般，他慢慢接觸到光亮，意識到風與大氣精靈的吟唱，就這麼甦醒過來，沒有什麼特別感人的畫面，只有聞訊而來的精靈與狼族醫師急急忙忙地爲他檢查身體狀況，還有他的長輩們似有若無鬆了口氣的表情。

然後探望他的人陸陸續續來了。

接著，是他的搭檔與那笨蛋。

他的視線放到那長大不少的傢伙身上。

「所以，都已經站在這裡了，你還有什麼好抱怨的嗎。」

那笨蛋眼眶都紅了。

「不不，我有超多可以抱怨的好嗎。」

然後還敢抱怨。

欠揍。

確認身體沒大問題後，他們去了一趟月凝湖。

他終於可以好好地站在父母墓地前，不用怕力量失控，不須急著被送走，雖然這穩定遲來了千年，但他希望父母可以感受到，並原諒他在鬼王塚時的愚蠢，竟然差點送掉這條所有人拚盡全力想要保護的生命。

雖然很不想承認，但某方面其實也是因爲那混帳鬼族才能活下來，然而會變成那樣也是因爲鬼族的暗算，所以扯平了，等他更強大之後，他就去砍死對方。

總算可以在父母面前把他們所交託的話分別告訴相關人們。

之後去了獄界，正式請鬼王做了些協助，並請鬼王實現幼時的請求，進一步透過鬼王的記憶習得不少古代術法。他與搭檔在鬼王的記憶中徹底學了不少事物，在未來，這些很可能成爲他們對抗命運的武器。

隨後又發生很多很多事情。

燄之谷與冰牙族遭到襲擊，黑暗同盟終於浮上水面，結束他們千萬年來的藏匿，暴露軌跡加快摧毀白色世界的發展。

那笨蛋首當其衝，甦醒的妖師力量既是他的保命符也是他的催命咒，邪惡想要催化他的瘋狂，而偏激的白色種族則想要他的命。

「你不是屬於精靈與狼族的血脈嗎？理應與我們一起斬殺邪惡。」

找上他的獵殺隊這麼說，每個人眼中充滿了從久遠歷史歲月中傳承而來的仇恨。

邪惡嗎？

那個像被丟到街頭紙箱裡的小狗哪裡有邪惡的樣子？

從以前他就很想說啊，這些獵殺隊簡直比他還像叛逆期的青少年，他至少能聽進一半的人話，獵殺隊大概連三句都聽不進去。

爲什麼黑暗種族就等同邪惡？

生爲黑暗就不能存活嗎？

這眞是放屁。

硬要按照那種邏輯，學院裡一大票黑暗種族不就得集體被撲殺了？眞是笑死人。

他隱隱約約覺得不太對勁，獵殺隊究竟經歷了什麼，行徑才會變得這般脫軌？

還沒來得及翻閱歷史之書查找線索，妖師本家就發生了巨變。

進出笨蛋家幾次，他竟然完全沒有發現那位阿姨是人偶，連一絲痕跡都看不出來，以生命爲奉獻製作的人偶騙過了所有人，在原世界撫養妖師成長，用心讓他避開一切威脅，給了他十六年正常人的時光。

連一個人都沒有發現。

他這代導人，果然是不合格的。

如果時間倒回，他應該要換個方式處理這些事情，他該要比現在更爲強大，至少第一次見面時就必須發現阿姨並不是一般人類，這麼一來，很多事就不會變得如此嚴重，那笨蛋也不會承受巨大又痛苦的滅頂打擊。

他，也沒好好做到對父親的承諾。

直到笨蛋將他狠狠推開，去搶救那名爲了他們被處決的重柳，他才發現當初那隻愚蠢懦弱的箱中小狗早就被逼得不能再顫抖，提起僅有的勇氣連滾帶爬地翻出早就破損不堪的小箱子，帶著紅腫的眼眶，頭也不回地撞破現實那道血牆跑了。

究竟是誰曝光了妖師本家？

從學院離開後，他直接來到妖師本家。

坐在庭院的妖師首領看著地上的屍體，那些全都是被他找出來處決掉的背叛者，也或許他們一直都是黑暗同盟不知何時悄然送入的潛入者。

妖師首領在很多年前就已對手刃生命毫無波瀾，進行最殘酷的虐殺時眼睛也不會眨一下，與他的外表反差極大。

比起那笨蛋，妖師首領其實才是眞正遭到許多迫害的那一位，且還堅持撐起了整個妖師一族，將族群引進社會中潛伏，建立起屬於他們的經濟鏈。說眞的，他很佩服這位首領，畢竟他們年紀相差不大，對方卻已爲自己的種族創造了半片天地。

「我有些事情，想要去時間之流走一趟。」沉穩卻年輕的首領站起身，勾出微笑，他身上隱約出現了如同千年前那位妖師首領般的氣度。「兩族的小殿下，三王子的後人，我們先祖摯友的孩子，你是否能夠像你父親一樣，讓我們安心託付？」

他能像父親嗎？

不，他永遠無法如同父親。

但他能夠努力執行對父親的承諾。

「你們不用懷疑我。」

如果不去把那個笨蛋撿回來，都不知道會隨便死在哪裡了，所以他需要更強的力量，也得保護那笨蛋的故鄉，這樣對方才能有機會重新回到這個世界。

「那你要跨過這條界限嗎？你會看見的，可能不如你父親所想那麼美好。」妖師首領對他伸出手，身後打開的是黑色的道路。

他冷冷一笑，他並不是什麼正經的精靈或狼族，好歹他也是在獄界生活過的人。

「……少廢話了，該做什麼事就做什麼事吧。」

那笨蛋現在一定在某處瑟瑟發抖，靠著自己踩過痛苦的界限，所以他們必須在前面等他，替他鋪好道路，讓他回來時找到自己的那條路。

那笨蛋一定不知道，他的事情傳遍守世界後，很多人不相信他會犯下殺孽，認識他的人大多數都抱持著質疑，沒有盲信獵殺隊的指控。

許多人透過管道傳遞消息給他們，希望能幫忙這件事，就連水妖精的聖地都在第一時間表態願意幫忙澄清謠言，那三位聖地妖精排除了族內的異聲，取下才修復不久的水鏡準備前來幫助。

雪國的學院中，曾參加過大競技賽的隊伍們也傳遞消息，雖然不熟識，但鋼鐵學院也表態願意同心協力度過事件……

無法直接找上他們的，就找上學院。

其中居然還有不可思議的小紙包，一打開，裡面的口香糖就炸了，差點把警衛腦袋給炸飛。歪歪扭扭又很醜的字寫在紙包裡的便籤上，辨認了很久才認出來那是罕見文字，寫著「那個人類很笨，沒有那麼壞」。

那笨蛋一定不知道，願意幫忙他的人很多，他不用自己逃離世界。

就像當初獨來獨往、高傲不已的自己，現在回想顯得愚笨不堪。

他們都可以多信任身邊的人一些。

泛著黑色光芒的長流在面前靜靜流淌。

「我和小玥使用的是當年凡斯修練的方式，但不一定適合你。」妖師首領站在旁邊，語氣不高不低，沒有刻意關懷，但也不冷漠生疏，就是盡責地告知他接下來必須承受的。「妖師一族在此處支付過代價，此地與外界的時間有所落差，與時間之流相反，這裡的時間與原本世界相比，快速許多，如果你還選擇壓縮我和小玥過往曾修練的那些過程，強迫加快訓練，那將會很痛苦。」

「說得好像你們沒有壓縮過一樣。」他看了眼笨蛋的兄姊。

如果他們兩人沒有強迫自己修練過，怎可能會在短短幾年之內如此強悍，就是因爲幹過那種事，所以才會提前通知他會發生什麼。

「……凡斯死前的記憶中留存了一件事情。」

在他要轉身進入時，妖師首領突然開口：「我很確定他當時就知道自己的力量與記憶會被分解搶奪，他在最後極其拚命地想要傳承遺語下來。」

他停頓了下腳步，聽見後頭傳來幽幽的言語——

「後世如果再見精靈，特別是冰牙族精靈，務必要好好守護他們，償還我所犯下的罪孽。」

「所以，請你千萬別再出事了。」

※

他自冰冷的黑水中醒來，回到現實。

綜合所有訊息與援手，聯繫所有能夠幫忙的人，運用在鬼王那邊習得的術法，合製了能夠撕扯時空、強迫空間走道轉向的古代大術法。

援手中有熟悉的朋友們，有不認識的陌生人，所有人完善了這個連師長們都震驚的時空大術，然後不驚動獵殺隊與外部勢力，悄然交給了先走一步的殺手兄弟。在這種時候，來去無蹤又看起來與事件無關的兩名殺手竟然是最好的選擇。

他們知道笨蛋家的四周全是蜘蛛網，所有人都在等收網的那瞬間，邪惡想將光明趕盡殺絕，白色則想把黑色全數滅絕。只要一動手，必定會牽連整個原世界，造成大量死傷與動盪，更別說邪惡從來不會在乎這些事情。

所以首要便是扭轉整個戰場，接著在第一時間將他們首批準備好行動的人傳送過去。

過程相當複雜，需要許多術師好手才能確實完成，若要不驚動外界，他們只能儘可能地在來協助學院的菁英中尋求幫助，幸好七陵學院前來的是當時競技賽的隊伍，還帶來許多高手。

於是在有限時間內，他們撕開時空，扯斷了黑暗與光明兩條空間走道，強迫所有人來到廢棄的巨人島上——這裡已經沒留存什麼生命，又是被清整過污染的大型島嶼，遠遠離開陸地，四面皆海。

多殺幾個按入海底都不會有人抗議。

這次他總算來得及在笨蛋又逃跑之前逮住人，把他推到他朋友們面前，讓他重新找回自己是誰，不再躲藏起來舔傷口，明明就只是個過了十六年普通人類生活的傢伙，強迫自己短短時間內吸收這種巨痛不會太難受嗎。

他這樣能算得上及格的代導人嗎？

沒有辜負學院最初的想法，好好帶領並引導初入學院的新生，去學習人生旅程中該學習的事物。

他並沒有當過代導人，也從來不幹代導人，因爲覺得很麻煩；而且代導人不應該在帶領新生一個月後便放著讓人自生自滅，要確認跟在後頭的新生有好好地走在他們的軌道上，從中找到他們旅程的意義。

什麼時候開始，學院的代導人成爲只是讓新生熟悉學院後就可以隨手丟開的簡易任務呢？

又或者其實代導人原本就是這樣的工作而已，是他自己想太多。

畢竟他沒做過，他也從不需要代導人。

只有搞不清楚狀況的人才需要幫助。

笨蛋又再一次推開他……太蠢了，獵殺隊爲了有效擊殺目標，所有武器上都帶著對黑色種族加倍重擊的死咒術法，他捱一刀不一定有事，但這笨蛋如果被死咒入體，肯定活不了。

他的醫療術法水平中等，治療速度必定快不過死咒的入侵。

唉，所以說，自己也是個笨蛋。

愚蠢的臭小狗那雙眼睛又紅通通了起來，恐懼地大呼小叫。

眞的，超級吵。

這次回來他本已好好勸說過自己要管好手，不要有事沒事再去揍那笨蛋，畢竟他也是長大了不能常打，然而實際看見本人時，還是會想一巴掌往他那個不知道裝什麼的腦袋搧下去。

——養成了可怕的習慣。

恍惚間，他似乎看見了某天睜開眼睛時，父親溫柔的笑臉。

那時已是父親最後一段時日，父親連下床鋪都無法，只能靜靜躺在柔軟的白色羽被裡，任由生命緩緩地在看不見的空氣與時間中流逝。

精靈的樣貌依然很美，那雙彷彿能看透人心的清澈眼睛並沒有屈服在苦痛下，還是那麼知足與帶著希望，銀白色的長髮鋪散在軟枕上，帶著優美的流光。

他可以嗅到淡淡的香氣，混著青草與太陽的香味。

父子倆窩在床鋪上，相視一笑。

「我們能約定一件事嗎。」精靈伸出白皙的手指，輕輕撫摸孩童的面頰，然後停留在火焰色的髮絲上，憐惜地輕蹭著。

「嗯。」他將臉頰貼上父親的手，雖然冰冷，卻很溫暖。

精靈吻了吻他的額頭。

「未來，如果你遇到了妖師一族，務必要幫助他們，不要再讓他們被傷害了。」

「嗯。」

之後，父親回歸了主神的懷抱。

說起來那時沒想到，現在可能也問不到了。

把某個妖師腦袋搥爆算傷害他們嗎？

因為這妖師眞的好吵，有夠吵。

像個笨蛋一樣。

〈笨蛋〉完

大塊的陰影，名字叫深。
他分裂出來的一小塊陰影，他取名——
淺
好隨便！
但是陰影可以分裂很多出來。那麼以此類推，下一個也許就會叫——
3
4
2
深
淺
?
色表↑
無！
噗！
……
……

by 紅麟

國家圖書館出版品預行編目資料

特殊傳說II.恆遠之晝篇／護玄 著.
——初版.——台北市：蓋亞文化，2020.01
冊；公分.

ISBN 978-986-319-458-3（第九冊：平裝）

863.57　　108010293

悅讀館　RE350

特殊傳說II 恆遠之晝篇 09

作　　者　護玄
插　　畫　紅麟
封面設計　莊謹銘
主　　編　黃致雲
總 編 輯　沈育如
發 行 人　陳常智
出 版 社　蓋亞文化有限公司
地址：台北市103承德路二段75巷35號1樓
電話：02-2558-5438　傳真：02-2558-5439
電子信箱：gaea@gaeabooks.com.tw
投稿信箱：editor@gaeabooks.com.tw
郵撥帳號 19769541　戶名：蓋亞文化有限公司
法律顧問　宇達經貿法律事務所
總 經 銷　聯合發行股份有限公司
地址：新北市新店區寶橋路二三五巷六弄六號二樓
電話：02-2917-8022　傳真：02-2915-6275
港澳地區　一代匯集
地址：九龍旺角塘尾道64號龍駒企業大廈10樓B&D室
電話：+852-2783-8102　傳真：+852-2396-0050
初版五刷　2022年11月
定　　價　新台幣 240 元
Published and printed in Taiwan

GAEA　ISBN 978-986-319-458-3

RE350
GAEA

特殊傳說 II 恆遠之書篇 09

蓋亞文化　讀者迴響

感謝您在茫茫書海中選擇了蓋亞，您的支持是我們最大的動力。
不要缺席喔，讓我們一起乘著夢想的羽翼，穿越時空遨遊天地！

姓名： 性別：□男□女 出生日期： 年 月 日	
聯絡電話： 手機：	
學歷：□小學□國中□高中□大學□研究所 職業：	
E-mail： （請正確填寫）	
通訊地址：□□□	
本書購自： 縣市 書店	
何處得知本書消息：□逛書店□親友推薦□DM廣告□網路□雜誌報導	
是否購買過蓋亞其他書籍：□是，書名： □否，首次購買	
購買本書的動機是：□封面很吸引人□書名取得很讚□喜歡作者□價格便宜□其他	
是否參加過蓋亞所舉辦的活動：□有，參加過 場 □無，因爲	
喜歡出版社製作什麼樣的贈品：□書卡□文具用品□衣服□作者簽名□海報□無所謂□其他：	
您對本書的意見：◎內容／□滿意□尚可□待改進 ◎編輯／□滿意□尚可□待改進 ◎封面設計／□滿意□尚可□待改進 ◎定價／□滿意□尚可□待改進	
推薦好友，讓他們一起分享出版訊息，享有購書優惠 1.姓名： e-mail： 2.姓名： e-mail：	
其他建議：	

◎請沿虛線剪開、對摺、裝訂後寄出

◎請沿虛線剪開、封摺、裝訂後寄出

廣告回信 郵資免付
台北郵局登記證
台北廣字第00675號

GAEA

TO：蓋亞文化有限公司 收

103 台北市承德路二段75巷35號1樓

GAEA

GAEA